MIT DIESEM KUSS & FÜR IMMER UND EWIG

Windswept Bay, Buch Drei

DEBRA CLOPTON

Mit Diesem Kuss & Für Immer Und Ewig
Copyright © 2019 Debra Clopton Parks

Inhalt

Ein Kuss ist bloß ein Kuss… oder so ähnlich mögen manche sagen. Aber ich widerspreche… dieser Kuss kann ein Leben verändern. Es hat meines verändert.

Du bist offiziell zur Hochzeit von Shar Sinclair mit dem Mann ihrer Träume, Gage Lancaster eingeladen… falls der Bräutigam es überhaupt zur Hochzeit schafft.

Wo ist Gage?

Es ist nur noch eine Stunde bis zur Hochzeitszeremonie. Niemand hat etwas von Gage gehört und er geht nicht ans Telefon. Jetzt ist Shar bereit, nach ihrem Mann zu suchen, denn irgendetwas fühlt sich einfach nicht richtig an.

Nachdem Gage die Nachricht eines Privatermittlers erhält, auf die er gewartet hat, kann er einfach nicht anders als auf dem Weg zu seiner Hochzeit einen lebensverändernden Stopp einzulegen.

Doch die Dinge geraten schnell außer Kontrolle und alles an diesem Hochzeitstag kommt anders als gedacht.

Lass dir diese Windswept Bay Kurzgeschichte nicht entgehen! Sie ist eine Zusatzgeschichte zu Irgendwo Mit Dir (2. Buch) und der Auftakt zu Für Immer Und Ewig, dem 3. Buch.

Mit Diesem Kuss kann alles passieren!

FÜR IMMER UND EWIG

Die Presseagentin Olivia Sinclair war seit Jahren nicht auf Windswept Bay und damit beschäftigt, der Hollywood-Elite aus einem Skandal nach dem nächsten zu helfen. Aber jetzt befindet sie sich mitten in ihrem eigenen Skandal, in dem es auch um einen namhaften Schauspieler geht. Und plötzlich der beste Rat, den sie sich selbst geben kann, nach Hause zu kommen, um auf Windswept Bay unterzutauchen.

Für den Charterboot-Kapitän Brandon „BJ" McCall ist das Leben gerade kompliziert geworden. Erst kürzlich hat er erfahren, dass er einen Bruder und die Hälfte eines Multi-Millionen-Dollar Unternehmens geerbt hat, was das Leben, das er kannte, verändern könnte. Eine wunderschöne, in einen kurzen Schlafanzug gekleidete Frau vor Angst erstarrt auf dem Dach ihres Hauses zu finden, ist jedoch eine Komplikation, die ihm gefällt.

Voller Angst auf dem Dach festzustecken… mit nicht mehr an als ihrem Schlafanzug und von einem Fremden gerettet zu werden, der es mit jedem ihrer Hollywood-Klienten aufnehmen könnte, war nicht gerade das, was Olivia sich vorgestellt hat. Sie versucht, von den Titelseiten der Klatschmagazine zu verschwinden – nicht für immer dort zu bleiben! In die Arme eines Fremden zu fallen, der, wie sich herausstellt, der lang verschollene Bruder des Ehemannes ihrer Schwester ist – was allein schon einen neuen Skandal wert ist – ist kein guter PR-Schachzug.

Ganz abgesehen von den familiären Komplikationen, die das verursachen könnte, falls es zwischen ihnen nicht funktioniert. Außerdem hat sie vor, zurück nach Hollywood zu gehen, sobald sie denkt, dass sich der Rauch verzogen hat.

Es ist alles einfach zu kompliziert.

Doch an den Stränden von Windswept Bay liegt Romantik n der Luft und Liebe ist nur eine Komplikation, die sich womöglich einfach nicht vermeiden lässt.

Weitere Bücher von Debra Clopton
Über die Autorin

MIT DIESEM KUSS

Windswept Bay

DEBRA CLOPTON

KAPITEL EINS

Shar Sinclair betrachtete ihr Spiegelbild und bewunderte ihr hinreißendes, aber schlichtes Hochzeitskleid, in dem sie eleganter aussah, als sie sich jemals in ihrem Leben gefühlt hatte. Sie heiratete den Mann ihrer Träume. Und das bedeutete einiges, hatte sie doch niemals wirklich geglaubt, dass sie heiraten und ihr Leben mit jemandem teilen würde. Und dann war Gage aufgetaucht.

Und plötzlich hatte sie ihren Traummann gehabt und war gespannt darauf, ihr Leben mit ihm zu teilen.

Sie betrachtete ihr Abbild mit dem Hochzeitskleid

im Spiegel und versuchte, den in ihr tobenden Aufruhr zu beruhigen.

Warum hatte sie solche Gefühle? Ein Zittern erfasste sie und sie atmete langsam ein, füllte ihre Lungen mit Sauerstoff und behielt ihn für ein paar Atemzüge darin.

Plötzlich zog sich ihr Magen zusammen, als ob er von tausend kleinen Knoten zusammengeschnürt würde. Verdrehte, feste Knoten, die drohten, die Käsecracker, die sie zum Mittag gegessen hatte, auf direktem Weg wieder herauszupressen.

Nichts zeugte deutlicher von fehlender Eleganz als sich zu erbrechen, während man ein Hochzeitskleid trug.

Shar atmete noch einmal tief ein und schüttelte sich.

Was stimmt nicht mit mir?

So wie sie sich aufregte, würde sie noch ein Geschwür bekommen, bevor die Hochzeit vorüber war.

„Ist Gage schon da?", fragte sie.

Cali, ihre ältere Schwester, schob sich eine Strähne ihres glänzenden blonden Haares hinters Ohr und lächelte aufmunternd. „Noch nicht. Aber ich bin mir sicher, er wird bald auftauchen."

Shar befeuchtete ihre trockenen Lippen. Sofort war Jillian mit einer Tube Lipgloss zur Stelle. Sie und Jillian waren Teil eines Drillings-Trios und auch wenn sie einander nicht ähnlich sahen, so teilten sie doch ein ausgeprägtes Gespür dafür, wie sich die anderen fühlten, was Jillian ihr mit dem Blick, den sie ihr zuwarf und den Worten, die sie sagte, zu verstehen gab. „Sei nicht so ein Nervenbündel. Und so oft, wie du dir über die Lippen leckst, werden sie spröde und aufgerissen sein, wenn Gage dich bei der Zeremonie küssen will."

Cali lächelte ihr im Spiegel zu. „Das stimmt und das ist nicht die gute Art, dafür zu sorgen, dass sie etwas mitgenommen aussehen."

Shar lachte trotz ihrer angespannten Nerven und ließ Jillian mit dem rosafarbenen Lipgloss über ihre Lippen fahren. Sie war nicht daran gewöhnt, so viel Makeup zu tragen oder dass ihre Schwestern ihr so gar nicht von der Seite wichen. Aber das war süß und sie war gerade jetzt dankbar, sie bei sich zu haben.

„In meinem ganzen Leben habe ich noch nie so viel Makeup und Lipgloss getragen", erinnerte sie sie. „Gage erkennt mich womöglich gar nicht, wenn er endlich da ist."

Jillian rollte mit den Augen. „Natürlich erkennt er dich."

Plötzlich schossen ihr Tränen in die Augen und eine Welle der Panik erfasste sie.

Wo bist du, Gage? Noch vor drei Monaten hatte sie Angst gehabt, ihre Unabhängigkeit zu verlieren und heute konnte sie seinen Ring gar nicht schnell genug an den Finger bekommen. Wenn ihr Mann es nur rechtzeitig in die Kirche schaffte, dann könnten sie die Zeremonie hinter sich bringen und ihr gemeinsames Leben beginnen.

Sie sah auf die Uhr… nur noch eine Stunde und er war immer noch nicht da, um mithilfe seiner Trauzeugen in seinen Smoking zu schlüpfen. Es war egal, was Jillian und Cali sagten, irgendetwas stimmte da nicht. Er hatte gesagt, dass er es kaum abwarten könne, endlich ihr Ehemann zu werden. Dass er pünktlich hier sein würde und begierig darauf warten würde, ihr den Ring anzustecken und sie so lange zu küssen, bis sie ganz außer Atem wäre. Und nun war er nicht hier. Und sie konnte es abstreiten, so sehr sie wollte, aber die

Wahrheit war, dass ihr Bräutigam immer noch fehlte.

„Entspann dich, Shar. Er wird schon kommen." Sanft strich Cali Shar über den Rücken und ihre Blicke trafen sich erneut im Spiegel. „Er wird schon kommen", sagte Cali noch einmal, wobei sie jedes Wort sorgfältig artikulierte.

Ihre ältere Schwester, die schon immer fürs Aufmuntern zuständig gewesen war, tat mal wieder genau das.

„Er hat gesagt, dass er früh hier sein würde. Es soll in weniger als einer Stunde losgehen und er ist verschwunden."

Calis Gesichtsausdruck wurde ernst. „Er ist nicht verschwunden. Er ist nur spät dran oder so."

Shar, die nicht gerade bekannt dafür war, ein geduldiger Mensch zu sein, biss die Zähne zusammen. Geduld war noch nie ihre Stärke gewesen. Wenn sie etwas wollte, dann ging sie los und besorgte es sich oder handelte entsprechend. In dieser Hinsicht hatte sie einen starken Willen und das hatte ihr immer geholfen. Warten tat das nicht. „Jillian, schau doch bitte nochmal kurz nach draußen. Nur um sicher zu gehen, dass er nicht doch schon hier ist. Etwas stimmt nicht. Ich spüre es und es lässt sich nicht leugnen."

Ihre beiden Schwestern sahen sie an und wussten, dass sie ihre Grenze erreicht hatte.

„Du hast nur kalte Füße", sagte Cali in einem letzten Versuch.

Jillian zog die Augenbrauen zusammen. „Nein, ich kann mir nicht vorstellen, dass es kalte Füße sind. Cali, du warst immer noch in den Flitterwochen, als Shar wochenlang Trübsal geblasen hat, weil Gage die Insel verlassen hatte. Sie ging die Wände hoch, als sie dachte, er würde nicht zurückkommen. Das sind keine kalten Füße."

Shar warf Jillian dafür, dass sie endlich anerkannte, dass sie nicht überreagierte, einen dankbaren Blick zu. „Nein, keine kalten Füße. Ich liebe ihn. Mehr als ich es je für möglich gehalten habe. Ich war immer darum bemüht, mein Leben ganz für mich zu haben, aber diese Liebe hat mich dazu gebracht, es mit ihm teilen zu wollen. Und es nicht weiter nur für mich zu behalten." Plötzlich wurden ihre Knie weich und sie bekam keine Luft mehr. „Es ist... wo ist er bloß?" Sie rang nach Luft und spürte, dass sie kurz davor war, in Tränen auszubrechen. „Ich muss aus diesem Kleid raus und ihn suchen." Sie streckte ihre Hand nach dem Reisverschluss aus.

„Warte!", riefen ihre Schwestern gleichzeitig.

Jillian hastete zu ihr und legte ihre Hände auf die von Shar. „Warte, Shar. Du kannst dein Kleid jetzt nicht ausziehen. Die Gäste werden bald eintreffen. Er wird kommen. Er hat immer noch mehr als fünfundvierzig Minuten."

Shar sah ihre Drillingsschwester an. „Du hast Recht." Sie schüttelte ihren Kopf in der Hoffnung, die Panik abstreifen zu können. „Das sieht mir gar nicht ähnlich."

Cali legte ihr einen Arm um die Taille und umarmte sie mit dem anderen Arm. „Komm schon, kleine Schwester. Setz dich etwas hin. Wenn Olivia hier wäre, würde sie dir sagen, dass du dich entspannen sollst."

Olivia. Ihre andere Drillingsschwester hatte es erneut nicht zu einer ihrer Hochzeiten geschafft. In letzter Zeit hatte Shar sich auch um sie Sorgen gemacht. Sie rief nicht oft an und obwohl sie gesagt hatte, dass sie kommen würde, hatte sie im letzten Moment eine Ausrede vorgebracht. Olivia hatte bereits Calis Hochzeit verpasst und nun würde sie auch auf ihrer fehlen.

„Ich wünschte, Olivia hätte es einrichten können. Ich mache mir Sorgen um sie. Das sieht ihr auch gar nicht ähnlich."

Cali reichte ihr ein Glas Wasser. „Shar, du kannst nicht jedem helfen. In meinen Augen kommst du mit der Rettung der Meeresschildkröten und deiner Pflege der verletzten Tiere im Krankenhaus für Meeresschildkröten zwar Superwoman gleich, aber du machst dir zu viele Sorgen um andere. Olivia geht es gut. Wenn sie soweit ist, wird sie nach Hause zurückkehren. Zurzeit ist sie damit beschäftigt, die Hollywood-Elite davor zu bewahren, in Teufels Küche zu geraten. Sie wird nach Hause kommen, wenn sie kann. Bis dahin müssen wir sie einfach ihr Leben leben lassen."

„Du hast Recht", stimmte Jillian ihr zu. „Außerdem geht es heute um dich und du machst dir an diesem wundervollen Tag Sorgen, die gar nicht sein müssten."

Shars Herz hämmerte und ihr Magen befand sich fest im Griff der ihn umschlingenden Knoten. „Ihr habt

Recht. Ich wünschte nur, er hätte Brandon gefunden. Er hatte gehofft, dass der Privatermittler in den zwei Monaten, seit wir den Hochzeitstermin festgelegt haben, gute Nachrichten über seinen verschwundenen Bruder hätte. Aber die vielversprechende Spur, die er zu haben glaubte, hat zu keinem Ergebnis geführt."

„Ich kann mir nicht vorstellen, wie Gage sich fühlen muss. Erst bei der Verlesung des Testaments seines Vaters zu erfahren, dass er einen Bruder hat." Cali warf einen flüchtigen Blick zu Jillian und Shar bemerkte, dass sie Schwierigkeiten hatten, die Fassade gemeinsamer Zuversicht aufrechtzuerhalten.

Sie rieb sich die Stirn. „Ich kann verstehen, dass er Brandon finden und bei der Hochzeit dabei haben wollte. Wir können uns nicht vorstellen, überhaupt keine Familie zu haben, wir haben ja so eine riesige. Aber wenn du nur deinen Vater hattest und den dann verloren hast… es ist anders. Bestimmt…" Ihre Worte verloren sich und sie behielt den Gedanken für sich… bestimmt war er nicht deswegen noch nicht aufgetaucht, weil sein verschwundener Bruder bisher nicht hatte gefunden werden können.

„Vielleicht ergibt sich etwas, während ihr beide in den Flitterwochen seid", ermunterte sie Cali erneut.

„Ja, vielleicht tut es das." Jillian sah hoffnungsvoll aus, als sie zur Tür ging. „Ich werde zum Parkplatz gehen und schauen, ob einer der Jungs irgendetwas gehört hat."

„Danke", sagte Shar eilig und schob jegliche Gedanken daran, dass Gage absichtlich nicht auftauchte, beiseite. Er würde schon auftauchen. „Und lass es mich wissen, sobald du etwas weißt."

Jillian warf ihr dieses beruhigende, süße Lächeln zu. „Auf jeden Fall." Sie lachte sanft. „Atme tief durch und entspann dich. Ich kümmere mich darum."

Genau das machte ihr zu schaffen, Shar hätte sich lieber selbst darum gekümmert. Sie war schließlich ein Kontrollfreak und das wusste sie. Als sich die Tür hinter ihr schloss, entfuhr ihr ein schwerer Seufzer. „Also heißt es weiter warten."

„Ja", sagte Cali, die auf dem Stuhl neben ihr saß. „Und glaube nicht, dass ich dich nicht beobachte und weiß, was dir durch den Kopf geht. Denk nicht einmal daran, ins Badezimmer zu gehen und aus dem Fenster zu klettern, um nach ihm zu suchen."

Shar lachte… weil das genau der Gedanke war, der ihr gerade durch den Kopf gegangen war und den sie in die Tat hatte umsetzen wollen.

Er sollte nicht anhalten.

Aber er konnte es nicht lassen und so bog Gage zu den Bootsanlegern ab, gerade als ein Polizeiauto mit heulenden Sirenen an ihm vorbei die Straße entlang schoss.

Als Gage die Sirenen hörte, dachte er an den Rettungswagen des Krankenhauses für Meeresschildkröten, der meist bedeutete, dass Shar irgendwo in der Nähe war. Aber dessen Signalton war unverkennbar und er hätte ihn sofort erkannt, daher war ihm klar, dass dies nicht der Schildkrötenrettungswagen war.

Als er sein Auto parkte und ausstieg, raste ein weiteres Polizeiauto die Straße entlang und passierte den Eingang zu den Bootsanlegern. Er blieb stehen und sah, dass es in eine Nebenstraße abbog. Etwas war los und er fragte sich, ob Levi, Shars Bruder und Polizeichef, wohl daran beteiligt war. Er hoffte nicht, denn die Hochzeit war in weniger als einer Stunde und Shar würde Levi und all ihre Brüder bei der Hochzeit dabeihaben wollen. Ihn würde sie noch mehr dahaben wollen, also warum hielt er hier an?

Er zog sein Telefon heraus und sah auf die Adresse in der Textnachricht, die er erhalten hatte. Er hoffte, dass Shar nicht gerade einen Nervenzusammenbruch erlitt oder sich auf den Weg machte, um nach ihm zu suchen. Er sollte dort sein und er würde es pünktlich schaffen.

Er musste nur nachsehen, ob sein Bruder auf diesem Boot war.

Er rechnete jede Minute damit, dass sein Telefon klingeln würde und er hasste den Gedanken, erst spät anzukommen. Doch er hatte die E-Mail des Privatermittlers, der eine Textnachricht gefolgt war, erst vor wenigen Augenblicken erhalten. Er war auf dem Weg zum Windswept Bay Resort gewesen, wo die Hochzeit stattfinden würde, doch dann war endlich die Nachricht gekommen, auf die er gewartet hatte.

Sein Bruder lebte tatsächlich in Windswept Bay.

Sie hatten nach Brandon Jackson gesucht. In der Nachricht stand, dass sein Name jetzt BJ McCall war. Dass sein Stiefvater ihn, etwa ein Jahr nachdem seine Mutter mit ihm verschwunden war, adoptiert hatte.

In der Nachricht stand, dass er vermutlich auf seinem Boot in diesem Hafenbecken sein würde.

Gage war einunddreißig. Sein Bruder war etwa vier Jahre jünger als er und verschwunden, seitdem er knapp drei Jahre alt gewesen war. Heute würde eine fast vierundzwanzigjährige Suche zu Ende gehen.

Wie würde es Brandon finden, einen Bruder zu haben?

Gage sah erneut auf seine Uhr. Ihm blieb eine Stunde, um zum Resort zu kommen, um dort die Frau seiner Träume zu heiraten, er setzte sich also besser in Gang.

Er betrat den Kai und ging den Holzsteg entlang, der durch Reihen von Segelbooten und Tiefseefischerbooten führte. Es war ein ruhiger Tag. Über ihm ließen sich Möwen gleiten wie faule Drachen, die sich fallen ließen und aufstiegen und im Wasser nach

Fischen Ausschau hielten. Viele Bootsanleger waren leer. Wie an den meisten schönen Tagen war Fischen eine der obersten Prioritäten in der Gegend der Bucht. Oder man fuhr einfach hinaus, um das blaue Wasser der Windswept Bay zu genießen. Er blieb stehen, als er die Morning Glory erreichte; der Name dieses Bootes hatte in der E-Mail und der Textnachricht gestanden.

Es war ein Tiefseefischerboot angenehmer Größe, doch die Tatsache, dass es fast fünf Uhr am Nachmittag war und die meisten Charterboote mit zahlenden Kunden draußen waren und dieses hier an seinem Anlieger lag, erstaunte ihn und er fragte sich, warum das so war. Aus der Kajüte war Gemurmel zu hören, deswegen verharrte er kurz, bevor er das Deck betrat. Er hatte nicht viel Zeit, daher ging er an Bord.

Es gab da schließlich eine Hochzeit, bei der er erscheinen sollte.

Shar am Altar warten zu lassen kam nicht in Frage.

Das würde sie tief verletzen. „Irgendjemand an Bord?", rief er.

Keine Antwort. Doch Gage hatte Gemurmel gehört,

daher wusste er, dass jemand in der Kajüte war. „Ich will dir bloß ein paar Fragen stellen", rief er lauter. Auf gar keinen Fall würde er wieder gehen, bevor er seinen Bruder angetroffen hatte.

Er vernahm weiters Gemurmel, das nach zwei Stimmen klang. Er wartete und dann kam ein Mann mit hellerem Haar als Gages aus dem Rumpf des Bootes heraus. Er hatte ein wenig Schmiere an den Händen und sah nach unten, während er sie an einem Lappen abwischte. Gage versuchte in der sonnengebräunten Haut und dem markanten Kiefer eine Ähnlichkeit zu sich selbst zu finden. Aber er konnte keine entdecken.

„Was für Fragen?", wollte der Mann wissen, als er den Blick hob und Gage mit eisigen, blassblauen Augen musterte.

Gage spürte, wie ihn Adrenalin durchströmte, als er in Augen blickte, die mit seinen identisch waren. Und mit denen seines Vaters Milton Lancaster. Sie waren wie ein unzweifelhaftes genetisches Geschenk, das er offensichtlich an beide seine Söhne weitergegeben hatte.

Die Wirkung des Anblicks seines Bruders war

überwältigend.

Es fühlte sich an, als wäre das Boot von einer Flutwelle getroffen worden, als ihm alles klar wurde und Gages Welt zu wanken begann.

„Was kann ich für dich tun?", fragte Brandon – oder BJ – hastig, während sein Blick auf Gages Smoking fiel und dann zurück zur Tür der Kajüte wanderte. „Ich denke nicht, dass du für einen Ausflug die richtige Kleidung trägst. Und ich hasse es, dir das sagen zu müssen, Kumpel, aber wenn du gerade erst geheiratet hast, wird deine Braut nicht unbedingt mit einem gecharterten Fischerboot rausfahren wollen."

„Tatsächlich bin ich auf dem Weg zu meiner Hochzeit." Gage dachte an Shar. „Und du könntest falsch damit liegen, dass sie nicht raus aufs Wasser wollen würde." Er streckte seine Hand aus. „Ich bin übrigens Gage Lancaster."

Gage musterte den Gesichtsausdruck des Mannes auf der Suche nach Anzeichen des Wiedererkennens. Er sah keine. Nichts, nicht einmal ein Aufblitzen von irgendetwas, das darauf hindeutete, das Brandon wusste, wer er war. Doch Gage *wusste,* dass dies sein Bruder war. Die Augen des Mannes vor ihm hatten jeden Zweifel daran, dass dies nicht sein Bruder sein könnte, vertrieben.

Sein Bruder musterte Gages ausgestreckte Hand und sah dann nach unten auf seine mit Schmiere befleckten Hände. „Ich denke nicht, dass es deiner Frau gefallen wird, wenn du Schmiere an den Fingern hast. Vielleicht solltest du gehen und nach den Flitterwochen zurückkommen." Er hob eine Augenbraue und seine Augen verengten sich. Dann riss er seinen Kopf in Richtung Anleger herum. „Es wäre ein guter Zeitpunkt, um zu gehen."

Sein Bruder war also nicht gerade der geselligste Typ. Eine der ersten Geschäftsregeln, die Gage von seinem Vater gelernt hatte, als er nicht viel älter als zehn Jahre alt gewesen war, war, ein Nein niemals als Antwort zu akzeptieren. „Ich bin eigentlich gekommen, um ein paar Fragen zu stellen."

Der Kiefer seines Bruders spannte sich an und sein Blick wanderte in Richtung der Kajüte. Gage folgte der

Bewegung mit den Augen und dachte, er hätte vielleicht einen Schatten in der Öffnung gesehen. Etwas fühlte sich nicht richtig an.

Stand dort jemand in der Tür zur Kajüte? „Gibt es ein Problem?"

BJs blaue Augen entspannten sich. „*Nein*. Hör mal, ich muss weiter an meinem Motor arbeiten." Seine Augen verengten sich, als sie erneut zurück zur Kajüte wanderten. „Und du siehst aus, als ob du zu einer Hochzeit müsstest."

Gage sollte gehen. Er sollte sich umdrehen, von diesem Boot steigen und verdammt nochmal zum Resort fahren und Shar heiraten. Doch das hier war sein Bruder und etwas fühlte sich nicht richtig an.

Und Gage hatte schon immer einen guten Instinkt besessen. Daher machte er einen Schritt auf die Kajüte zu, anstatt von Bord zu gehen. „Ich bin spät dran, aber habe noch etwas Zeit. Ich muss dir ein paar Fragen stellen."

BJ machte einen Schritt in Richtung Kajüte, um ihm den Weg zu versperren. „Du willst mir keine Fragen stellen. Geh schon. Runter von meinem Boot", blaffte er.

„Zu spät", knurrte ein Mann und trat aus der Kajüte hervor, wo er sich verborgen hatte. In einer Hand hielt er eine Pistole, die er nun auf Gage richtete. „Wenn dir dieser Mann Fragen stellen will, dann kann er das gerne tun, während du das Boot an der Küste entlang steuerst."

Gages Magen zog sich zusammen und er dachte an Shar, die auf ihn wartete.

Was hatte er nur getan?

KAPITEL ZWEI

Jillian bemühte sich darum, ihre Vorstellungskraft unter Kontrolle zu behalten, während sie sich hastig auf die Suche nach ihren Brüdern machte. Shar war nicht der nervöse Typ und Jillian hatte sie noch nie so verkrampft und angespannt gesehen. Sie betete zu Gott, dass Gage bei ihren Brüdern sein würde, wenn sie sie fand.

Sie eilte durch den Hof des Resorts, an Kindern und Familien, die im Poolbereich spielten, vorbei und dann lief sie einen der sorgfältig angelegten Wege entlang, die sie selbst geschaffen hatte und bog schließlich um eine

Ecke, hinter der sich der Parkplatz befand. Sie hatten diese Fläche als Parkplatz für die Hochzeitsgäste bestimmt. Ihr Blick glitt über die abgestellten Autos. Das von Gage war nicht darunter.

Ihr Magen zog sich zusammen. Wo war Gage? Es waren jetzt nur noch dreißig Minuten bis zur Zeremonie und Gracie, die Resortmanagerin und Hochzeitsplanerin, hatte ihr gesagt, dass die Hochzeitsgäste einzutreffen begannen. Jillians Mund war trocken, als sie den Kloß, der sich in ihrem Hals gebildet hatte, herunterschluckte und zu der Privatsuite ging, die die Jungs als Umkleide nutzten.

Levi hielt sich sein Telefon ans Ohr und ging mit raschen Schritten vor dem Raum auf und ab. Ihre Brüder, Cam, der von seiner Ranch in Texas hergefahren war, und Max standen bei Calis Ehemann Grant. Die drei waren in eine Diskussion vertieft und sahen nicht besonders glücklich aus.

Sie waren also auch besorgt.

Ihre beiden anderen Brüder Jake und Trent kamen gerade den Weg entlang, der vom Strand, wo die Hochzeit stattfinden sollte, hierherführte und auch in ihren Gesichtern sah sie Besorgnis.

„Wir können ihn nirgendwo finden", sagte Jake mit Verzweiflung in der Stimme, als er bei den anderen ankam.

Trent rieb sich den Nacken. „Das ist nicht gut."

Jillian atmete tief ein und trat zu ihnen. „Wo könnte er sein? Shar ist wortwörtlich kurz davor, in ihren Jeep zu springen und nach ihm zu suchen. Cali tut ihr Bestes, um sie zu beruhigen. Aber wir wissen beide, was in ihr vorgeht und ihr kennt Shar, sie kann nicht stillsitzen. Wenn er nicht bald hier auftaucht, wird sie sich auf die Suche nach ihm machen."

Cam, der Cowboy der Familie Sinclair, riss sich seinen Stetson vom Kopf und erweckte ganz allgemein den Eindruck, als würde er jede Minute einen Trupp zusammenstellen, der Gage suchen würde. Womöglich würde er ihn auch erst hängen und anschließend Fragen stellen.

„Was hat der Typ für ein Problem?", fauchte er. „Es scheint, als hätte er ihr die letzten zwei Monate etwas vorgemacht und lässt sie jetzt warten. Das gefällt mir nicht."

„Er hat ihr nichts vorgemacht", versicherte ihm Jillian. „Also komm mal runter, Cowboy. Wenn er nicht hier ist, heißt das, dass etwas nicht stimmt. Gage würde sie nicht sitzen lassen."

„Ich muss Jillian Recht geben", sagte Jake mit ernstem Blick. „Er müsste hier sein."

Ihre anderen Brüder stimmten dem zu.

Cam entfuhr ein entnervtes Schnauben. Ebenso wie Shar besaß er nur wenig Geduld. „Okay, also hat *irgendjemand* irgendeine Ahnung, wo er sein könnte?"

Levi legte auf und kam zu ihnen herüber. Sein Blick verhieß nichts Gutes. „Ich weiß nicht, ob er dort ist, aber ein kleines Lebensmittelgeschäft an der Ecke Sand Dollar und Avenue A wurde vor etwa dreißig Minuten ausgeraubt und ein Angestellter erschossen. Meine Jungs haben Straßensperren errichtet und suchen nach dem Schützen. Sie glauben, dass er zu Fuß unterwegs ist. Es wäre möglich, dass Gage in eine der Straßensperren geraten ist und versucht, hierher zu kommen, aber spät dran ist."

„Mann, das wird ja immer besser", sagte Max trocken.

Jillian legte eine Hand auf ihren unruhigen Bauch. „Aber er geht nicht ans Telefon. Warum geht er nicht an sein Telefon?"

Levis Blick traf ihren. „Das gibt mir auch zu denken."

Jillian zog die Augenbrauen zusammen. „Du meinst, es sorgt dich." Sie hasste es, wenn ihre Brüder, ganz besonders die beiden älteren, Cam und Levi, dachten, sie könnte nicht damit umgehen, wenn sie über Sachen Bescheid wusste. Sie vermutete, dass es sich dabei um brüderlichen Beschützerinstinkt handelte, doch dafür hatte sie momentan keine Geduld. „Glaubst du, er könnte in Schwierigkeiten stecken?"

Levi legte seinen Kopf schief und warf ihr diesen bring-mich-nicht-dazu-es-dir-direkt-zu-sagen-Blick zu. „Zieh keine voreiligen Schlüsse. Er hat noch immer…", er überprüfte seine Uhr, „… ein bisschen Zeit."

Jillian stöhnte laut auf. „Ihr solltet bereits alle für Shar Spalier stehen. Die Gäste fragen sich vermutlich auch schon, was los ist. Shar hat Cali womöglich in einen Schrank gesperrt und sich mit ihrem im Wind flatternden Hochzeitskleid davongemacht." Jillian hatte sich noch nie so hilflos gefühlt. Sie starrte all ihre Brüder an.

Levis Telefon klingelte. Er hielt es sich ans Ohr. „Was habt ihr?"

Alle beobachtete ihn. Er legte auf. „Ich muss los. Es gibt Berichte über Schüsse am Bootsanleger. Ich muss da hin." Er begann, seine Krawatte zu lockern. „Geht und versucht, Shar zu beruhigen. Und ruft mich an, falls Gage auftaucht."

„Ich komme mit dir", sagte Cam.

„Nein", sagte Levi bestimmt. „Du musst bleiben. Falls Gage auftaucht, dann kann die Hochzeit auch ohne mich beginnen. Aber nicht ohne euch alle. Shar wird euch alle hier brauchen. Ich halte euch auf dem Laufenden."

Er wartete nicht auf weitere Proteste, sondern ging in Richtung Parkplatz davon.

Jillian rieb sich die Schläfen und stöhnte. „Der ganze Tag geht in die Binsen. Jemand muss den Gästen Bescheid sagen, dass es womöglich eine Verzögerung geben wird."

„Ich mache das", sagte Cam gedehnt. „Wir machen

uns besser alle in diese Richtung auf. Falls er auftaucht, wird er direkt dorthin kommen."

Jillian war bereits unterwegs. Sie hatte das dringende Bedürfnis, zu Shar zu kommen.

Sie hoffte nur, dass Shar noch immer auf dem Grundstück weilte.

Shar liebte ihn. Liebte ihn wie verrückt und aus tiefstem Herzen.

Die Zeit, seitdem sie und Gage sich gegenseitig ihre Liebe gestanden hatten, war eine Zeit allumfassender Glückseligkeit gewesen.

Okay, vielleicht stellte sie das nachträglich alles ein winziges bisschen rosiger dar, als es tatsächlich gewesen war. Er war jede Woche zwischen Windswept Bay und Manhattan hin- und hergeflogen, um sich um das Unternehmen, das er und sein Vater aufgebaut hatten, zu kümmern. Und er war fast schon besessen davon gewesen, den Bruder zu finden, von dem er erst bei der Verlesung des Testaments seines Vaters erfahren hatte.

Er hatte ihn vor der Hochzeit finden wollen und da

der Privatermittler, der all die Jahre nach ihm gesucht hatte, unmittelbar vor dem Tod von Gages Vater eine Spur gefunden hatte, hatte es Hoffnung darauf gegeben.

Zu erfahren, dass er einen Bruder hatte, der seit seinen Kindertagen verschwunden war, war für Gage wie ein Schlag ins Gesicht gewesen. Es war verständlich, dass er seinen Bruder finden wollte.

Doch aus diesem Grund war Gage nicht so häufig bei ihr gewesen wie Shar gehofft hatte. Ja, er war zurück nach Windswept Bay gekommen um ihr Herz zu erobern, aber er hatte so viel zu tun gehabt, dass sie sich nun fragte, ob ihm vielleicht Zweifel gekommen waren.

Sie starrte auf die Uhr. Fünf Minuten vor sechs. Die Gäste warteten, genauso wie sie selbst. Und er war nicht hier.

„Er ist nicht da draußen, oder?", fragte Shar.

Cali hatte an der Tür mit Gracie gesprochen. Sie drehte sich um und ihr Gesichtsausdruck verriet alles. „Ist er nicht."

Die Tür öffnete sich und Jillian kam zusammen mit ihrer Mutter herein. Beide sahen blass aus.

„Was ist los?" Shar stürzte nach vorn.

„Nun ja", brachte Jillian hervor. „Er ist nicht hier und Cam dachte, es wäre das Beste, die Gäste darauf hinzuweisen, dass es etwas später wird."

Shars Mutter trat auf sie zu. Violet Sinclair war eine wunderschöne Frau mit einem riesigen, liebenden Herzen. „Mir ist deswegen ganz schlecht, Süße." Sie nahm Shars Hände und musterte sie einfühlsam. „Aber er wird auftauchen."

Shar fühlte sich krank. „Weiß irgendjemand irgendetwas, das ich nicht weiß? Sagt es mir. Das meine ich ernst."

„Okay", seufzte Jillian. „Die Sache ist die: Levi hat erfahren, dass es einen Raubüberfall gegeben hat, bei dem ein Verkäufer erschossen wurde. Der Räuber ist auf der Flucht und sie suchen nach ihm. Es wurden Straßensperren errichtet und er denkt, dass die Möglichkeit besteht, dass Gage in einer von ihnen feststeckt."

Shars Herz begann zu rasen. „Er geht nicht an sein Telefon."

„Ich weiß. Das habe ich auch gesagt. Und, na ja, Levi ist gerade weggefahren. Berichten zufolge wurden Schüsse am Bootsanleger gemeldet. Daher musste er los."

„Es ergibt einfach keinen Sinn." Shar begann, auf und ab zu laufen. „Wenn Gage mich anrufen könnte, würde er es tun. Er würde an sein Telefon gehen."

„Vielleicht ist der Akku seines Telefons leer." Cali schaute von ihrer Mutter zu Shar. „Voreilige Schlüsse zu ziehen bringt in dieser Situation nichts."

„Cali hat Recht", sagte Violet ruhig.

„Hört auf. Hört einfach auf", sagte Shar. „Ich liebe euch alle, aber steht nicht dort herum und erzählt mir, dass ich mich beruhigen soll. Hier stimmt etwas nicht. Ganz und gar nicht." Shar zog den Brautschleier aus dem Dutt ihres dunklen Haars.

„Nein", riefen Cali und ihre Mutter gleichzeitig und stürzten nach vorn.

Shar drückte ihn in Calis ausgestreckte Hände. „Nimm ihn. Und entweder öffnet jetzt jemand von euch den Reißverschluss dieses Kleides oder ich werde es zerreißen oder es anlassen, wenn ich nach Gage suche."

In dem Moment, als Gage die Pistole erblickte, ging sie auch schon los. Ein Warnschuss in Richtung des Anlegers hinter ihm.

Der Verbrecher schnauzte BJ an: „Entweder du bringst mich von hier weg oder die nächste Kugel tötet den Hochzeitskerl. Und ruiniert seinen schicken Smoking."

Gages Herz schlug heftig und während er seinen Blick von der Pistole zu seinem Bruder gleiten ließ, schien alles in Zeitlupe zu geschehen. Seine Gedanken kreisten darum, wie sein nächster Schritt aussehen sollte. Sein Leben bestand aus Sitzungen und Verhandlungen und jetzt reagierte sein Verstand und ging die verschiedenen Möglichkeiten durch, während BJ ihm einen finsteren Blick zuwarf.

„Ich habe versucht, dich dazu zu bringen, zu gehen. Was stimmt nicht mit dir, Mann? Deine Braut wartet auf dich und du bist hier, um mir Fragen zu stellen? Keine Fragen können so wichtig sein. Nicht wegen eines

Fischerbootes."

Die Pistole richtete sich nun auf BJ und der Bewaffnete knurrte: „Fahr los. Jetzt. Ich habe keine Zeit, hier herumzustehen, während ihr beide euch streitet. Vor allem jetzt, da ich einen Schuss abgefeuert habe."

BJ erstarrte. „Wenn du mit dem Ding weiterhin so herumfuchtelst, werde ich noch verrückt." In seiner Stimme lag eine gewisse Schärfe. „Sie auf mich zu richten, ist eine Sache. Aber jetzt bedrohst du meinen Gast."

Dem bewaffneten Verbrecher entfuhr eine Reihe von Flüchen und er trat weiter ins Sonnenlicht. „Entweder wir fahren jetzt los oder ich *werde* den Bräutigam erschießen und ihn als Fischfutter über Bord werfen."

BJ ließ seinen eisblauen Blick zu Gage, dann zurück zu dem Schützen gleiten. „Na ja, wie du siehst, gibt es da ein Problem. Wenn es nur um mich gegangen wäre, dann hätte ich tun können, worum du mich gebeten hast, sobald ich meine Zündkerze gewechselt hätte. Aber jetzt fühle ich mich verpflichtet, den Bräutigam rechtzeitig zur Kirche zu bringen."

In diesem Moment entschied Gage, dass sein Bruder entweder betrunken oder nicht die hellste Kerze auf der Torte war. Oder aus demselben Holz geschnitzt wie ihr Vater, ein Mann, der niemals vor einem Kampf zurückgeschreckt war – nur hatten dessen Kämpfe in einem Sitzungssaal stattgefunden.

Oder er bluffte – auch das war eine Eigenart ihres Vaters gewesen. Gage wusste, wie man bluffte. Wusste, wie man seine Karten in einem Sitzungssaal zum Einsatz brachte wie die besten Pokerspieler, die Vegas zu bieten hatte. Doch er wollte lebend aus dieser Situation herauskommen. Er wollte Shar heiraten und mit ihr sein Leben verbringen. Er wollte BJ mitteilen, dass er sein Bruder war. Sie mussten Zeit herausschinden und nicht den Angreifer bewusst in Rage bringen.

„Für die Hochzeit bin ich bereits spät dran. Wovor versteckst du dich?", fragte er den Bewaffneten.

Auf der Stirn des Mannes formten sich Schweißperlen. „Geht dich nichts an." Er trat nach vorn und richtete die Waffe auf BJ. „Ich sage es zum letzten Mal. Beweg dich."

„Warum tust du das?", fragte Gage.

„Das geht dich nichts an. Alles, was ihr beiden wissen müsst, ist, dass ich will, dass dieses Boot sich endlich in Bewegung setzt. Und zwar jetzt."

„Wie ich schon sagte, das geht nicht, Kumpel. Gages Braut wartet auf ihn." In BJs Augen lag eine Warnung, die Gage zur Kenntnis nahm. Das Ganze würde nicht gut ausgehen. Sein Instinkt riet ihm, den Forderungen des Bewaffneten nachzukommen, wenn er es schaffen wollte, lebend aus dieser Situation herauszukommen.

Doch als er den Finger des Schützen zucken sah, sagte ihm sein Bauchgefühl, dass der Moment gekommen war, in dem er handeln sollte.

Shars wunderschöner, wilder Gesichtsausdruck tauchte vor seinem inneren Auge auf. Der Gesichtsausdruck, den man sehen konnte, wenn sie um das Leben einer Meeresschildkröte kämpfte. Er musste es zum Strand schaffen.

Als der Täter einen flüchtigen Blick zu BJ warf und den Köder schluckte, den ihm sein Bruder hingeworfen hatte, entschied Gage, dass das seine beste Chance war, und reagierte. Er trat heftig nach oben, sein Fuß traf das Handgelenk des Schützen und dann griff Gage an.

Auch BJ reagierte. Gemeinsam warfen sie sich auf den Angreifer und rammten ihn gegen die Kajüte. Gage griff nach der Hand mit der Waffe, als sich ein Schuss löste.

Shar griff gerade nach dem Reißverschluss ihres Hochzeitskleides, als die Tür aufging und Cam und ihr Vater in den Raum hasteten.

Sam Sinclairs ernster Blick fand Shar. „Sharleen, Schatz –"

Cam sah ungeduldig von ihrem Vater zurück zu ihr.

„Was ist passiert?" Ihre Finger zitterten und sie ließ den Reißverschluss los.

Cam ging mit großen Schritten durch den Raum und griff nach ihrem Arm. „Du musst mit mir kommen."

Beinahe hätten ihre Knie unter ihr nachgegeben, doch Cams Hand schloss sich fest um ihren Arm, um sie zu halten. „Du musst tapfer sein, Schwesterchen."

„Was ist los?"

„Der Räuber von dem Überfall auf das Lebensmittelgeschäft hat am Bootsanleger zwei Geiseln genommen und eine von ihnen wurde angeschossen. Levi hat angerufen. Es ist Gage."

Shar spürte, wie ihre Beine unter ihr nachgaben, aber ihr Vater legte ihr seinen Arm um die Hüfte und er und Cam gaben ihr Halt.

„Er lebt, Schatz", sagte ihr Vater und klang dabei, als würde er aus großer Entfernung zu ihr sprechen.

„Er lebt", wiederholte Cam. „Wir werden dich zu ihm bringen."

Shar setzte sich bereits in Bewegung. Sie musste zu Gage.

KAPITEL DREI

Ihre Brüder warteten auf dem Flur, als Shar mit Cam und ihrem Vater aus dem Zimmer des Resorts stürmte. In Anbetracht der Sorge um sie und der von ihnen gezeigten Unterstützung durchflutete sie eine Welle der Liebe. Ihre Brüder und ihr Vater schlossen sich ihren Schwestern und ihrer Mutter an und gemeinsam eilten sie hinter ihr her. Aus den erschütterten Tiefen ihrer Seele brandete Stärke auf und erfüllte sie.

Sie blinzelte die Tränen fort und umklammerte den Rock ihres Hochzeitskleides mit den Händen, damit er ihr nicht im Weg war, während sie durch die Doppeltüren eilte, die Jake für sie aufhielt. Sobald sie im Hof war, rannte sie.

„Wo steht dein Auto?", fragte sie mit einem Blick zu Cam, der neben ihr rannte.

Er rannte voran. „Folge mir. Wir sollen im Krankenhaus auf den Rettungswagen warten."

Die Leute unterbrachen ihre Tätigkeiten und beobachteten die Hochzeitsgefolgschaft dabei, als sie durch das Resort in Richtung Parkplatz rannte. Cam eilte zur Fahrerseite seines Trucks und ihr Vater, der bei ihnen geblieben war, zog die Beifahrertür auf und half ihr beim Einsteigen. Er sprang auf den Rücksitz und Cam stieß augenblicklich aus der Parklücke.

„Schnall dich an", forderte Cam mit einem flüchtigen Blick in ihre Richtung und konzentrierte sich dann wieder auf die Straße vor ihm.

Sie griff nach dem Gurt und zog ihn fest, während er mit quietschenden Reifen auf die Hauptstraße fuhr und sich schleudernd in den Verkehr einreihte. Sie musste ihm nicht sagen, dass er sich beeilen sollte.

„Wie schlimm steht es um ihn?", brachte sie heraus,

wobei sie den Weg, auf dem sie sich durch den Verkehr schlängelten, kaum wahrnahm.

„Levi meinte nur, dass ich dich so schnell wie möglich dorthin bringen solle. Das ist alles, was ich weiß. Also abwarten und durchhalten."

Das tat sie und betete, dass Gage dasselbe tat.

BJ lief vor dem Krankenhaus auf und ab und ging in Gedanken erneut die Geschehnisse auf dem Boot durch.

Er hatte gesehen, wie der Bräutigam zu Boden gesunken war, nachdem sich der Schuss gelöst hatte. Er hatte mit dem Schützen gerungen und es geschafft, ihm die Pistole aus der Hand zu schlagen. Dann hatte er mit einem kräftigen Kinnhaken dafür gesorgt, dass bei diesem die Lichter ausgegangen waren. Sofort war BJ zu dem Bräutigam gestürzt, der zusammengesackt war und um den sich eine Blutlache zu bilden begonnen hatte.

BJ hatte den Mann umgedreht, aber keine Zeit für Gefühle irgendeiner Art gehabt. Blut war aus seiner Seite geströmt. BJ hatte den Lappen erblickt, den er zuvor weggeworfen hatte und diesen auf die Wunde gedrückt.

„Halte durch, Mann. Ich kann die Cops schon hören. Hilfe ist unterwegs."

Gages Augen, blaue Augen, die BJ irgendwie bekannt vorkamen, hatten sich geöffnet. „Shar", hatte Gage gestöhnt. „Sag ihr… Ich liebe sie."

„Das wirst du ihr selbst sagen, Kumpel. Ich sage dir, halte durch."

Das Ganze war nur wenige Augenblicke, bevor Polizisten auf sein Boot stürmten, passiert. Der erste Mann, der an Bord kam, trug ebenfalls einen Smoking. In der gleichen Farbe wie der Bräutigam.

Er übernahm die Führung und wies seine Männer ein, während er auf die Knie sank. „Gage", sagte er, während die uniformierten Cops zügig den Kriminellen abtransportierten und Rettungskräfte herbeieilten, um sich um Gage zu kümmern.

BJ trat zurück und ließ sie machen. Der Smoking tragende Chef der Polizisten sah ernsthaft besorgt aus und es brauchte nicht viel Grips, um zu sehen, dass zwischen ihnen eine Verbindung bestand.

„Gage, komm schon, mach die Augen auf", sagte

der Polizist schroff. „Du hältst gefälligst durch oder meine Schwester wird mich höchstpersönlich umbringen. Gage", fauchte er, als keine Reaktion kam. Ein Mann vom Rettungsteam maß seinen Blutdruck, während ein anderer den Druck auf die Wunde aufrechterhielt. Der Polizist ließ die Hand, die er hielt, nicht los. „Ich sagte, halte durch, Gage. Es gibt da eine Hochzeit, zu der du musst, also reiß dich zusammen und halte durch."

Gage öffnete ein Auge und BJ hätte schwören können, dass die Lippen des Mannes zuckten und sich auf der eines Seite zu einem leichten Lächeln verzogen. „Ich höre…" Er strengte sich sehr an, doch schließlich brachte er das letzte Wort hervor: „dich."

BJ lächelte ebenfalls, während er den Bräutigam beobachtete und wusste, dass dieser an seine Braut dachte, die dem Vernehmen nach das Temperament eines Feuerballs hatte.

„Die Sanitäter werden sich jetzt um dich kümmern. Aber ich bin hier und Shar wirst du im Krankenhaus sehen. Sie ist auf dem Weg."

Es war nicht BJs Schuld gewesen, dass dieser Kerl

auf sein Boot gekommen war und er hatte getan, was er hatte tun können, um ihn zum Gehen zu bewegen, aber er war hartnäckig geblieben. BJ war unhöflich, geradezu feindselig gewesen und dennoch war der Mann geblieben. Und verdammt, er war sich ziemlich sicher, dass Gage bemerkt hatte, dass auf der anderen Seite der Kajütentür Gefahr lauerte und dennoch war er darauf zugegangen, anstatt sich zurückzuziehen, so wie BJ es ihm nahegelegt hatte. Obwohl er wusste, dass er alles getan hatte, um den Bräutigam zu warnen, spürte BJ, dass ihn Schuldgefühle wie eine Schlammlawine unter sich begruben.

Der Cop im Smoking stand auf und seine Augenbrauen waren über durchdringenden Augen zusammengezogen, während er BJ musterte. „Kommen Sie mit. Ich muss Ihnen ein paar Fragen stellen."

Sie gingen auf den Anleger, sodass das Rettungsteam den Bräutigam transportfertig machen und ihn ins Krankenhaus bringen konnte.

„Erstens, wer sind Sie und was ist genau passiert? Warum war er auf Ihrem Boot, wenn er doch eigentlich bei seiner Hochzeit hätte sein sollen?"

„BJ McCall." BJ fuhr sich mit einer Hand durchs Haar. „Und ich habe keine Ahnung, warum er auf meinem Boot war."

„Was ist mit dem Schützen? Warum war er auf Ihrem Boot und in welcher Beziehung stehen Sie zu ihm?"

„In gar keiner. Ich habe an einem Problem mit dem Motor gearbeitet, die Zündkerze gewechselt, um herauszufinden, warum der Motor so schlecht läuft, als er in die Kajüte gestürmt kam, mit seiner Pistole herumfuchtelte und sagte, ich solle ihn die Küste hinunterfahren. Ich war nicht gerade glücklich über die Unterbrechung oder darüber, entführt zu werden. Ich habe versucht, an die Pistole zu kommen, doch dann wurden wir von Ihrem Freund unterbrochen."

„Das ergibt keinen Sinn." Er sah besorgt zu, als Gage auf einer Trage von Bord gebracht wurde. „Sind Sie verletzt?"

„Nein, kurz bevor Gage kam, hat er mir den Lauf seiner Pistole gegen die Schläfe gestoßen. Aber es geht mir gut."

„Sie kommen mit mir ins Krankenhaus. Man wird

Sie durchchecken, während ich mich um meine Schwester kümmere. Ich habe noch weitere Fragen an Sie."

BJ brachte keinen Einwand vor. Er hatte gelernt, dass man mit solchen Situationen am besten umging, indem man kooperierte. Außerdem konnte er nicht abstreiten, dass er wissen wollte, wie es Gage erging.

Und was war so wichtig gewesen, dass Gage es riskiert hatte, zu spät zu seiner eigenen Hochzeit zu kommen? Es ergab alles keinen Sinn.

Und schon gar nicht, wenn man bedachte, dass der Bräutigam gewusst haben musste, dass er bereits spät dran war.

KAPITEL VIER

Shar wartete bereits, als sie Gage durch die Türen der Notaufnahme des Krankenhauses schoben. Sie hastete zu der Transportliege und bedeckte seine Hand mit ihrer, während sie mit den Sanitätern den Gang entlang eilte.

Er war blass, so blass. Seine Augen waren geschlossen. Infusionsnadeln steckten in seiner Haut und er trug eine Sauerstoffmaske. In Shars Augen formten sich Tränen, doch sie hatte keine Zeit, um zu weinen. Sie konnte sehen, dass es nicht gut um Gage stand. „Gage", sagte sie durch die unterdrückten Tränen hindurch. „Gage, halte durch. Verlass mich nicht. Kannst du mich hören? Kämpfe, Schatz, kämpfe."

Zu ihrer Überraschung spürte sie, dass er seine Hand anspannte und obwohl er seine Augen nicht öffnete, sah sie ihn nicken. Tränen rollten ihr über die Wangen und fielen auf ihre Hände. Für einen kurzen Moment öffnete er die Augen und blickte sie unverwandt an und Shar sah ihr Leben vor ihren Augen vorüberziehen.

„Kämpfe", forderte sie und berührte dann mit ihren Lippen die seinen. Sie hoffte, dass sie ihm mit diesem Kuss zeigen konnte, wie sehr sie ihn liebte, und betete, dass es nicht der letzte Kuss sein würde, den sie miteinander teilten. „Ich liebe dich, Gage Lancaster. Und du wirst mich heiraten."

Seine Hand drückte ihre und wurde dann schlaff.

Eine Krankenschwester zog sie sanft weg. „Sie können nicht mit ihm gehen", sagte sie. „Lassen Sie sie ihre Arbeit machen."

„Ich liebe dich", sagte Shar erneut und löste ihren Griff um seine Hand. Er verschwand im nächsten Raum und die Türen schlossen sich hinter ihm; doch ihr Herz war bei ihm.

Shar stand noch immer dort, als ihr Vater seinen Arm um sie legte. „Komm schon, Süße. Komm und setz dich hin, bevor du umfällst."

Shar konnte sich nicht bewegen. Sie starrte auf die Tür. Die verdammte Tür. Doch der starke Arm ihres Vaters legte sich noch etwas fester um sie.

„Komm schon, hier hinüber." Er zog sie sanft zu einem Stuhl, von dem aus sie noch immer die Tür sehen konnte. Alles im Raum schien gedämpft, so als würde sie allein am Ende eines Tunnels sitzen.

Cam kam herbei und kniete sich vor sie. „Kommst du klar? Hat er mit dir sprechen können, bevor sie ihn dort hineingebracht haben?"

„Er hat meine Hand gedrückt. Ansonsten hat er nur seine Augen geöffnet." Sie rang sich ein leichtes Lächeln ab. „Er kämpft."

„Du musst auch kämpfen. Sei stark, wie du es immer bist."

Sie blickte ihn an. Sie alle sagten immer, wie stark

sie sei. Ihr Spitzname war Superwoman. Aber jetzt gerade fühlte sie sich schwächer als ein Katzenjunges.

„Shar." Er rüttelte an ihren Knien. „Konzentriere dich. Hörst du, was ich dir sage? Du musst für ihn stark sein."

Sie war immer unabhängig gewesen. Hatte stets eine Ich-schaffe-das-Einstellung an den Tag gelegt. Immer das Gefühl gehabt, dass sie keinen Partner brauchte, solange sie nur ihre Familie und Freunde hatte… und sie hatte im Innersten ihres Herzens immer gewusst, dass sie durchstehen könnte, womit das Leben sie auch konfrontierte. Doch dann war Gage in ihr Leben getreten und jetzt wollte sie ihn. Sie wollte nicht an ein Leben ohne ihn denken. Sie waren gerade erst am Anfang. Heute hatte der bisher schönste Tag ihres Lebens werden sollen. Stattdessen war sie hier im Wartezimmer und Gage war im Zimmer nebenan und kämpfte um sein Leben.

Sie setzte sich etwas aufrechter hin. „Ich bin okay, Cam. Fühle mich nur etwas benommen."

Am Eingang entstand ein Tumult. Wie in Zeitlupe blickte sie in die entsprechende Richtung und sah den

Rest ihrer Familie hereineilen. Sie schaute von ihnen zu Cam und ihrem Vater.

„Ich schaffe das." Ihre Stimme war stark. „Ich muss für ihn stark sein. Er wird es überstehen."

Ihr Vater drückte ihre Schulter. „Das ist unsere Superwoman."

Und da war ihr Spitzname wieder. Er ging auf ein Ereignis in ihrer Kindheit zurück; sie hatte sich ein Cape umgehängt und war von einem Baum gesprungen, um zu fliegen. Sie hatte sich einen Arm gebrochen und gelernt, dass Fliegen überbewertet wurde. Heutzutage verwendeten sie ihn, wenn es um ihre Hingabe an die Rettung für vom Aussterben bedrohte und verletzte Meeresschildkröten ging. Sie und Gage hatten sich kennengelernt, als sie eine Unechte Karettschildkröte gerettet hatten.

Cam tätschelte ihr Knie. „Ich schätze, das ist die Frau, in die er sich verliebt hat. Auch wenn ich ihn kaum kennengelernt habe, kann ich mir vorstellen, dass jeder Mann, der dich dazu bringen kann, dich in ihn zu verlieben, ein echter Mann sein muss."

Sie lächelte durch ihre noch immer feuchten Augen.

„Das ist er. Du wirst ihn mögen."

Bevor Cam antworten konnte, sah sie, wie Levi und ein Mann, den sie nicht kannte, ins Krankenhaus gelaufen kamen. Der Mann wartete an der Tür und Levi kam, genauso wie der Rest der Familie, in ihre Richtung. Die anderen standen beieinander und sprachen miteinander, vermutlich um Cam und ihrem Vater die Gelegenheit zu geben, allein mit ihr zu sprechen. Levi blieb stehen und sprach mit einer der Krankenschwestern. Dann kam er zu ihr.

Sie stand auf, als er sie erreichte. Als Polizeichef könnte er sie vielleicht auf die andere Seite der Tür bringen. „Kannst du dafür sorgen, dass ich in diesen Raum zu Gage darf?"

Er umarmte sie und drückte sie fest. „Nein, keine Chance, kleine Schwester. Sie arbeiten am besten, wenn keine Angehörigen im Weg herumstehen. Ich werde tun, was ich kann, um dich auf dem Laufenden zu halten."

„Danke."

„Shar, ich habe den Mann mitgebracht, der bei Gage war, als er von dem Räuber, der das Lebensmittelgeschäft überfallen hat, angeschossen wurde."

Ihr Blick wanderte zu dem Mann, der angespannt neben der Tür stand. Er hatte sich umgedreht und schaute zur Tür hinaus. „Wer ist er?"

Die Krankenschwester ging zu dem Mann hinüber und brachte ihn in ein Untersuchungszimmer. Sie ließ die Tür offenstehen, doch Shar konnte ihn jetzt nicht mehr sehen.

„Er will sich nicht einmischen, aber ich musste ihm einige Fragen stellen, daher ließ ich ihn mit mir mitfahren und Shar, er und der Schütze haben miteinander um die Pistole gerungen, als Gage auf das Boot kam und rief, dass er ihm gern ein paar Fragen stellen wolle. Er sagte, dass der Täter gewollt habe, dass er Gage loswürde, während er sich selbst im Inneren der Kajüte verborgen gehalten und die Pistole auf BJ gerichtet habe. So heißt er. Er war wohl recht unhöflich und forderte Gage schließlich auf, das Boot zu verlassen und zu seiner Braut zu fahren." Levi machte eine Pause, während sich sein Blick verengte. „Er hat gesagt, dass Gage nicht gehen wollte. Dass er wiederholt gesagt habe, er müsse ihm ein paar Fragen stellen und dann scheint ihm wohl aufgefallen zu sein, meinte BJ, dass sich jemand in der Kajüte versteckte. Gage ging auf die Gefahr zu, anstatt davonzulaufen. BJ fand das merkwürdig. Er sagte, dass er erneut versuchte ihn loszuwerden, doch dann trat der Bewaffnete in Gages Blickfeld und feuerte eine Kugel in den Steg, um Gage zu warnen. Dieser Schuss war es, der gemeldet wurde. Es war nicht der Schuss, der abgefeuert wurde, als sich Gage auf den Schützen stürzte und getroffen wurde."

Shars Atmung wurde langsamer. „Ich verstehe das nicht. Was hat Gage gedacht? Warum hat er dort angehalten?"

„Ich habe keine Ahnung. Was könnte so wichtig gewesen sein, dass Gage anhalten würde, um einen Fremden auf einem Boot zu treffen, wenn er für seine eigene Hochzeit schon spät dran war?"

Shar richtete sich auf, beinahe wäre ihr Herz stehengeblieben. „*Brandon*", dachte sie und bemerkte dann, dass sie dieses eine Wort geflüstert hatte. „Ich… Ich muss ihn sehen." Sie ging auf das Zimmer zu.

Cali griff nach ihrem Arm. „Warte, Shar. Falls es wirklich Brandon ist, dann solltest du es vielleicht Gage überlassen, ihm das mitzuteilen. Vielleicht solltest du warten, bis du es sicher weißt. Bis du einen Beweis hast."

Jillian und ihre Mutter stimmten ihr zu.

„Ich muss ihn sehen. Er ist der letzte, der mit Gage gesprochen hat." Er war der Mensch, der in den letzten Minuten, bevor Gage angeschossen worden war, bei ihm gewesen war. „Warum ist Gage auf diesem Boot gewesen? Warum hat er vor der Hochzeit dort angehalten? Hatte er Probleme mit seinem Wagen? Warum? Ich muss es wissen." Sie ging weiter auf das Zimmer zu, in das die Krankenschwester den Mann gebracht hatte.

Levi ging neben ihr. „Okay. Aber ich kann dir sagen, dass er keine Antworten auf deine Fragen hat."

Ihre Brüder traten zur Seite, um sie durchzulassen.

„Wir sind für dich da, Schwesterchen", sagte Jake und warf ihr ein Lächeln der Unterstützung zu. „Gage wird durchkommen. Ich habe gesehen, wie er dich geküsst hat. Er wird weitere solcher Küsse wollen."

Max rammte ihm den Ellbogen in die Seite und setzte eine böse Miene auf. „Lass gut sein, Jake. In so einem Moment kann sie es nicht gebrauchen, dass du herumstichelst."

Shar schautc von Max zu Jake, ihren Adoptivbrüdern, die sie liebte als hätten sie dasselbe Blut wie sie. Sie dachte an Gage und die Verbindung, die zwischen ihm und seinem Halbbruder entstehen würde, wenn er ihn fand. Es wäre eine Verbindung so stark wäre wie ihre zu Max und Jake. „Schon okay. Ich liebe euch auch."

„Ich dich auch", fügte Trent hinzu. „Wir sind alle für dich da."

„Ich weiß." Sie blieb stehen und blickte sich um, betrachtete die riesige Familie, für die sie so dankbar war. „Ich kenne Gage. Und es gibt nur eine Sache, für die er es in Kauf genommen hätte, zu spät zu unserer Hochzeit zu kommen. Sein verschwundener Bruder. Er hatte nie das, was wir haben. Falls er eine Nachricht erhalten hat, die besagte, dass sein Bruder ausfindig gemacht wurde, dann kann ich mir vorstellen, dass der Drang und das Bedürfnis, Brandon zu finden, zu stark war, um vorbeizufahren und nicht anzuhalten."

Levis Augenbrauen gruben sich in seine Stirn, wie

sie es so oft taten, wenn er angestrengt nachdachte. „Aber Shar, in dem Raum dort sitzt BJ McCall. Und wir haben den ganzen letzten Monat über nach Brandon Jackson gesucht."

Das ließ sie zögern. Doch dann schob sie sich, ohne zu antworten, an den anderen vorbei und betrat das Zimmer. Die Krankenschwester hatte eine Blutdruckmanschette um seinen Arm gelegt, doch BJ McCall drehte genau in dem Moment, in dem sie den Raum betrat, den Kopf in ihre Richtung.

Sein Blick traf ihren und sie rang nach Luft... Der Boden bewegte sich, als sie in Augen blickte, die dieselbe wunderschöne blassblaue Tönung aufwiesen wie die von Gage.

„Brandon", keuchte sie, bevor alles um sie herum in Dunkelheit versank.

KAPITEL FÜNF

BJ sprang gerade noch rechtzeitig vom Untersuchungstisch herunter, um die Braut aufzufangen, bevor sie zu Boden sank. Auch Levi reagierte und gemeinsam legten sie sie auf die Untersuchungsliege.

„Was ist passiert?", erkundigte sich BJ. „Sie hat mich angesehen und ist ohnmächtig geworden."

Levi strich das Haar seiner Schwester sanft aus ihrem Gesicht, als die Krankenschwester zu ihnen trat und ihren Puls zu messen begann. Eine wunderschöne, ältere Frau betrat das Zimmer und stellte sich neben

Levi.

„Was ist passiert?"

„Ich denke, sie ist ohnmächtig geworden, Mom." Levi blickte über seine Schulter auf die Menschenmenge, die sich im Türrahmen versammelt hatte. „Die Krankenschwester wird sich um sie kümmern", sagte er und die anderen blieben draußen stehen, damit der Krankenschwester genug Raum blieb, um den Puls der Braut zu messen.

BJ trat ebenfalls zurück und machte der Krankenschwester, Levi und dessen Mutter Platz. Er hatte den merkwürdigen Ausdruck in den grünen Augen der Braut aufblitzen sehen, als sich ihre Blicke getroffen hatten.

Irgendetwas ging hier vor sich, aber er konnte im Moment nur warten, bis herauskam, was auch immer es war. Ihre Lider flatterten und dann suchten ihre Augen den Raum ab, bis sie ihn entdeckt hatte.

Er wollte wissen, was los war. Warum sah sie ihn so an? Dennoch fragte er nicht, nicht jetzt. Mit der Sorge um Gage hatte sie schon genug am Hals.

Sie bemühte sich darum, sich aufrecht hinzusetzen.

„Es tut mir leid. Ich werde sonst nie ohnmächtig. Aber –
" Ein Arzt betrat das Zimmer und Shar schwang die
Beine über die Kante der Liege.

„Warte", sagte Levi, nahm ihren Arm und hielt sie
fest.

„Wie geht es ihm?", fragte sie und sah aus, als
würde sie jeden Moment aufspringen und in den Raum
rennen, in dem Gage lag.

„Er wurde in den OP gebracht. Vor dem Eingriff
wissen wir nicht, welchen Schaden die eindringende
Kugel angerichtet hat. Dr. Laura Burrows führt die OP
durch. Sie wird Sie oben im Wartezimmer der Chirurgie
auf dem Laufenden halten. Schwester, können Sie ihnen
zeigen, wo sie warten können?"

„Ja, Sir", antwortete die Krankenschwester.

„Geht es ihr gut?", fragte der Arzt mit einem
besorgten Blick in Shars Richtung.

„Sie ist ohnmächtig geworden. Aber ihr Blutdruck
ist jetzt wieder normal."

Er nickte. „Verständlich. Aber bitte rufen Sie mich,
wenn Sie irgendetwas brauchen." Er klopfte leicht auf
Shars Hand. „Haben Sie Vertrauen."

„Das habe ich", sagte Shar und blickte die Krankenschwester an. „Können Sie mir zeigen, wo ich warten soll?"

BJ sah, wie in Shars ausdrucksstarken Augen etwas aufblitze, das er nur als Entschlossenheit bezeichnen konnte. Sie schob die Schultern zurück und folgte der Krankenschwester mit aufrechter Haltung durch den Gang.

Er folgte ihnen und stand dann vor dem Untersuchungszimmer und beobachtete, wie sie weiterging. Beobachtete, wie ihre Familie sich ihr anschloss. Ihm war aufgefallen, dass es sich bei all den Männern und Frauen im Raum um ihre Brüder und Schwestern handeln musste. Sie hatte eine riesige Familie, die sie unterstützte. Er hatte nur eine Schwester, Lilly, und plötzlich vermisste er sie sehr.

Ihnen beiden lag das Reisen im Blut. Er liebte das Meer und sie alles außer das Meer. Als sie das letzte Mal miteinander telefoniert hatten, hatte sie im Yosemite National Park gearbeitet. Doch es war bereits einen Monat her, seit sie miteinander gesprochen hatten und mittlerweile hatte sie vermutlich längst ihren

Rucksack gepackt und sich auf den Weg zum Grand Canyon gemacht. Er dachte, dass der Canyon auf ihrer Liste stand, war sich dessen aber nicht allzu sicher. Ihre Eltern waren ums Leben gekommen als er beinahe achtzehn Jahre alt und Lilly gerade siebzehn geworden war; dadurch waren sie beide die meiste Zeit ihres Lebens auf sich allein gestellt gewesen. Seine Mutter hatte Lillys Vater geheiratet, als BJ etwa vier Jahre alt gewesen war. Sein Vater war tot und auch Lillys Mutter nicht mehr am Leben und so waren sie eine Familie geworden. Es war gut gewesen, solange es gewährt hatte. Nur leider hatte es das nicht allzu lange getan… denn ihre Eltern waren viel zu früh von ihnen gegangen.

Er musste sie anrufen. Es war zu lange her.

„Br…, ich meine, BJ." Shar hatte sich umgedreht und schaute den Gang entlang zu ihm. „Würdest du mit uns kommen?"

Levi drehte sich zu ihm. „Wenn es Ihnen nichts ausmacht, könnte ich Ihnen oben weitere Fragen stellen. Das müssen wir noch zu Ende bringen."

BJ wusste nicht genau, wie viele weitere Fragen der Polizeichef ihm stellen würde, doch er bekam den

Bräutigam einfach nicht aus seinem Kopf. Er wollte wissen, warum der Mann auf sein Boot gekommen war und warum Shar ohnmächtig geworden war, als sie ihn gesehen hatte. Denn so hatte es sich angefühlt... ihre Blicke hatten sich getroffen und ihr war schwarz vor Augen geworden. Dass sie ohnmächtig geworden war, hatte daran gelegen, dass sie ihn erblickt hatte, es hatte nichts mit der Sorge um ihren Verlobten zu tun gehabt. Dessen war er sich sicher.

Warum?

„Klar", sagte er. Das war der schrägste Tag gewesen, an den er sich erinnern konnte und er würde das auch noch bewältigen.

Ein Stockwerk höher saß Shar im Wartezimmer auf einem Stuhl, sie hatte die Hände in ihrem Schoß fest ineinander verschränkt, atmete tief ein und langsam aus. Sie würde das hier durchstehen. Sie würde nicht zusammenbrechen. Gage brauchte sie. Wenn man ihr nach der Operation erlauben würde, ihn zu sehen, sollte er nicht in ihr tränennasses Gesicht blicken müssen. Sie musste stark sein.

Trotz der aufmunternden Worte, die sie sich selbst zusprach, begann ihre Lippe zu beben und sie biss fest darauf, um es zu unterbinden. Sie konzentrierte sich auf die guten Zeiten, die sie gemeinsam erlebt hatten. Er würde durchkommen. Sie würde sich selbst nicht erlauben, irgendetwas anderes zu denken.

Sie beobachtete, wie Brandon ins Zimmer trat und neben der Tür stehen blieb. Wahrscheinlich kam er sich fehl am Platz vor. Er war ein gutaussehender Mann, doch die einzige Sache an ihm, die sie an Gage erinnerte, waren seine unglaublichen Augen. Während sie ihn musterte, ließ er seinen Blick wandern und so traf seiner auf ihren. Sie sah weg und fragte sich, wie sie es ihm sagen sollte. Oder ob sie es ihm überhaupt sagen sollte.

Cali setzte sich neben sie. „Wir machen uns alle Sorgen um dich, wollen dich aber nicht überfordern. Wir sind ganz schön viele." Sie lächelte und tätschelte ihr Knie. „Ich werde dir etwas zu trinken holen. Wie wäre es mit einer warmen Tasse Tee? Oder einer Tasse Kaffee? Oder einem Wasser?"

„Ich brauche nichts." Shar schüttelte den Kopf.

„Doch, das tust du." Jillian setzte sich auf ihre andere Seite. „Wie wäre es mit warmem Tee mit etwas Honig als Energielieferant? Du brauchst deine Energie."

„Okay, dann hätte ich gern einen Tee." Es klang tatsächlich gut. Und sie verstand den Drang ihrer Schwestern, etwas für sie tun zu wollen. Sie würde dasselbe tun, wenn eine von ihnen an ihrer Stelle wäre.

Cali umarmte sie. „Er wird es schaffen, Shar. Wir glauben daran."

„Ja", bekräftigte Jillian Calis Worte.

Jeder wollte sie bestärken und das brauchte sie auch. „Ich danke euch beiden."

Ihre Schwestern machten sich auf die Suche nach warmem Tee und sofort wurde der Platz an ihrer Seite von einem Bruder nach dem nächsten mit Beschlag belegt. Sie liebte ihre Brüder. In ihrer Kindheit hatte es auch Streitigkeiten gegeben, doch die geschwisterliche Liebe hatte stets den Takt angegeben. Als sie und ihre acht Geschwister in der Pubertät gewesen waren, war das Zusammenleben natürlich nicht ohne Spannungen von Statten gegangen und dennoch hatten sie es geschafft, gut miteinander auszukommen.

Gage hatte nichts davon gehabt. Nun hatte er seinen Bruder gefunden und musste ums Überleben kämpfen, um eine Beziehung zu Brandon aufbauen zu können.

Gerade sprach Levi mit Brandon und sie rieb sich die Schläfe, wobei sie sich erneut fragte, wie sie es ihm sagen sollte. Sie hatte ihn gefragt, ob er mit ins Wartezimmer kommen wolle, da sie gehofft hatte, dass Gage irgendwie wissen würde, dass sein Bruder in der Nähe war. Und auch, damit sie herausfinden konnte, welchen Schritt sie als nächstes unternehmen sollte. Sie stand auf und zwang ihre schwachen Knie dazu, sie durch den Raum hindurch zu Brandon und Levi zu tragen. Sie unterbrachen ihr Gespräch und sie erkannte die Fragezeichen in Brandons Augen.

„Kann ich kurz mit dir reden?", fragte sie und ihr Herz flatterte, während sie in Augen starrte, die so sehr denen von Gage glichen. Augen, die sie daran erinnerten, was sie verlieren würde, wenn Gage die Operation nicht überstand. Sie schob diesen Gedanken beiseite. Sie würde beten und vertrauen. Mehr konnte sie nicht tun.

„Shar, du solltest vielleicht war–", begann Levi, wurde aber von ihr unterbrochen.

„Ist schon okay, Levi, es wird nicht lange dauern. Er ist nur die letzte Person, die mit Gage zusammen war. Ich möchte einfach nur über diese Augenblicke vor dem Schuss Bescheid wissen. Ich muss mich ein bisschen bewegen. Würdest du mich ein Stück begleiten?"

Trotzdem ihn die Neugierde, was das wohl alles bedeuten mochte, schier überwältigen musste, sah er sie freundlich an.

„Klar", sagte er. „Ich würde mich freuen, mit dir ein paar Schritte zu gehen."

Shar ging los und er lief neben ihr her. Er war Gages Bruder... und das bedeutete, auch wenn es Brandon oder BJ nicht klar war, dass er ein Teil von Gage war. Und das tröstete Shar.

Cali blieb neben Grant stehen, er lächelte sie sanft an und zog sie in seine Arme. „Geht es ihr gut soweit? Gibt es irgendetwas, was wir tun können?"

„Sie hält sich tapfer." Sie legte ihren Kopf auf seine

Schulter und atmete seinen Duft ein, genoss die Wohltat, seine Nähe zu spüren. „Ich liebe dich, Grant."

Er küsste sie auf die Stirn. „Und ich liebe dich. Ich musste dich für einen Moment in meinen Armen halten."

Sie umarmte ihn und küsste dann sein Kinn. „Das brauchte ich auch. Wir gehen in die Cafeteria, um ihr eine Tasse heißen Tee mit Honig zu holen. Und für uns auch einen. Warten ist nervenaufreibend. Können wir einem von euch irgendetwas mitbringen?" Sie schaute von ihrem Ehemann zu ihren Brüdern, die ihre und Grants Zurschaustellung ihrer Zuneigung netterweise ignoriert hatten. Normalerweise hätten sie sie wahrscheinlich damit aufgezogen, aber heute nicht.

Trent, der Grant am nächsten stand und Jillian umarmt hatte, lächelte. „Wir können uns um uns selbst kümmern. Ihr beiden Mädels kümmert euch um Shar."

Jake, Max und Cam stimmten zu.

„Da hast du es", sagte Grant. „Braucht ihr Hilfe?"

„Wir schaffen das." Sie lächelte. „Wir sind gleich wieder da. Ruf mich an, falls der Arzt rauskommt, bevor wir zurück sind."

„Auf jeden Fall."

„Danke", sagte Jillian. „Es wird nicht lange dauern."

Sie eilten in Richtung Aufzug und drückten den Knopf für die Etage, in der sich die Cafeteria befand.

„Sie schlägt sich tapfer", sagte Cali. „Aber ich wusste, dass sie das tun würde."

„Tut sie doch immer", bemerkte Jillian. „Ich frage mich, was BJ denken wird, wenn sie ihm ihre Vermutungen mitteilt."

„Ich weiß es nicht. Kannst du dir vorstellen, wie es ist, nicht nur herauszufinden, dass du einen Bruder hast, sondern dass du auch die Hälfte eines Multimillionen-Dollar-Unternehmens erbst?"

„Das muss wie ein Kulturschock sein." Jillian lachte trocken. „Aber du hast schließlich auch gerade einen Mann geheiratet, der mehr Geld hat als ich ermessen kann."

Grant war ein weltberühmter Maler von Wandgemälden mit Unterwassermotiven. Cali warf Jillian einen süffisanten Blick zu. „Das hat mich hoffentlich kein bisschen verändert."

„Natürlich hat es das nicht", sagte Jillian. „Solche Sachen beeindrucken dich nicht."

„Eben. Daher ist es für Brandon oder BJ vielleicht auch nicht von Bedeutung. Ich frage mich, wofür das B steht. Glaubst du für Brandon?"

Sie erreichten die Cafeteria und innerhalb weniger Augenblicke bekamen sie ihren Tee. Jillian ging zu dem Tisch, der dem Stand mit Zubehör für die Getränke am nächsten stand. Auf dem Tisch lagen eine ausrangierte Zeitung und ein paar Klatschmagazine. Sie stellte die beiden Becher auf eine Zeitschrift und drehte sich dann um, um nach dem Honig zu greifen. Cali trug zwei Becher, weil sie entschieden hatten, ihrer Mutter auch einen mitzubringen. Sie stellte ihre auf den Tisch neben die von Jillian und nahm die Honigtütchen entgegen, die ihre Schwester ihr reichte. Sie rissen beide ein paar Tütchen auf, als Calis Blick auf eine der Zeitschriften fiel.

Sofort hörte sie auf, den klebrig süßen Inhalt in die Pappbecher mit heißem Tee zu drücken. Ihr Blick blieb an dem Foto unter den Pappbechern hängen. „Was?"

Ihre Augenbrauen zogen sich zusammen und sie sah

genauer hin. Während sie den Becher von der Seite zog, keuchte sie.

Jillian rang neben ihr nach Luft. „*Olivia.* Das ist Olivia."

Cali bewegte nun auch den anderen Becher und nahm das Klatschblatt in die Hand… und dann starrten sie beide auf ihre Schwester. Die dritte Drillingsschwester.

Sie war bei einem leidenschaftlichen Kuss mit dem Mega-Filmstar Brad Pearson abgelichtet worden.

„Das kann doch nicht sein, oder?", flüsterte Cali. Olivia war seit Monaten nicht nach Hause gekommen. Sie hatte sogar Calis Hochzeit verpasst und es dieses Wochenende nicht zu Shars Hochzeit geschafft. Sie hatte auch nur selten angerufen.

„Sie ist Presseagentin", sagte Jillian. „Sie sollte es besser wissen."

Cali schaute zu Jillian. „Ich weiß nicht, was hier abgeht, aber jetzt ist nicht die richtige Zeit, um sich darüber Sorgen zu machen."

„Da stimme ich dir vollkommen zu. Gib mir das." Jillian nahm die Zeitschrift, rollte sie zusammen und packte sie dann in die große Handtasche, die sie bei sich trug. „Wir werden es später lesen und hoffen, dass Mom und Dad das nicht sehen. Jetzt müssen wir uns auf Gage konzentrieren."

Cali atmete tief durch und begann wieder, Honig in den Tee zu drücken und wie wild umzurühren. „Was für ein verrückter Tag. Zuerst ist die Hochzeit geplatzt, dann wurde Gage angeschossen, sein verlorener Bruder wurde wahrscheinlich gefunden und jetzt ist unsere vernünftige Schwester, die weiß, dass man sich nicht mit einem Klienten einlassen sollte, auch noch auf dem Cover eines Klatschmagazins abgebildet."

„Alles richtig", sagte Jillian und klang dabei etwas benommen. „Ich kann das nur alles gerade nicht verarbeiten. Ich hoffe, dass das nächste, was passiert, ist, dass der Arzt kommt und sagt, dass Gage es schaffen wird."

Cali griff nach den Bechern. „Das hoffe ich auch. Ich hoffe nur, dass niemand sonst eine dieser Zeitschriften sieht, bis Gage über den Berg ist."

KAPITEL SECHS

BJ ging mit Shar den Gang entlang. Shar hielt sich erstaunlich gut, doch er konnte manchmal in ihren Augen und dem Beben ihrer Lippen sehen, dass es sie Mühe kostete. Sie war eine starke Frau. So viel war klar.

Warum war sie dann ohnmächtig geworden, als sie ihn zum ersten Mal gesehen hatte?

Und warum erschien sie jedes Mal ganz aufgewühlt zu sein, wenn sich ihre Blicke trafen?

„Danke, dass du mit uns wartest. Ich bin mir sicher, dass Gage mit dir reden möchte, wenn er aufwacht."

„Warum das?", fragte er. „Ich weiß noch immer

nicht, was er von mir wollte, als er bei meinem Boot Halt gemacht hat."

Sie sah nachdenklich aus, ihre Augenbrauen zogen sich zusammen und er konnte sehen, wie die Gedanken hinter ihren grünen Augen rasten.

„Ich denke wirklich, dass Gage dir das erzählen sollte. Ich habe zwar eine Vermutung, warum er an deinem Boot Halt machte, aber ich bin mir nicht sicher. Wenn ich sein Telefon hätte, um seine Nachrichten durchzugehen, könnte ich mir wahrscheinlich ein besseres Bild bezüglich seiner Gründe machen."

„Er hatte sein Telefon in der Hand, bevor er angeschossen wurde. Es ist wahrscheinlich irgendwo auf meinem Boot."

Ihr Gesichtsausdruck hellte sich auf. „Das können wir Levi sagen; dann kann es einer seiner Polizisten herbringen."

BJ rieb sich den Nacken. Der war ganz verspannt. „Ich hoffe, du verstehst das nicht falsch. Ich würde dich bei all dem, was du gerade durchmachst, nicht verärgern wollen. Aber das ist alles ziemlich merkwürdig. Bei meinem Boot anzuhalten, dem eines völlig Fremden und

Gefahr zu laufen, zu spät zu seiner eigenen Hochzeit zu kommen. Warum hätte er das tun sollen?"

Sie blieb stehen. „BJ, wie ich schon sagte, ich habe meine Vermutungen, aber die kann ich dir nicht verraten. Das steht mir nicht zu. Ich kann dir versichern, dass Gage es dir wird erklären können, wenn er nach der OP aufwacht." Sie wandte den Blick ab, als sich Tränen in ihren Augen zu bilden begannen.

Er wartete, bis sie sie weggeblinzelt und ihre Fassung wiedergewonnen hatte.

„Wofür steht BJ?", fragte sie.

„Brandon James."

„Oh, und hast du Familie hier in der Gegend?"

„Nein, nach dem, was mir meine Mutter mal erzählt hat, lebten wir hier, als ich ein kleiner Junge war, bevor mein Vater starb. Daher habe ich mich schließlich entschieden, herzukommen und es mir anzusehen. Mir gefällt es hier, daher habe ich ein paar Charteraufträge angenommen und überlegt, vielleicht eine Weile hierzubleiben."

Bildete er sich das nur ein, oder glänzten ihre Augen aufgeregt?

Er wollte sie gerade erneut fragen, was vor sich ging, als jemand ihren Namen rief.

„Shar", rief ihr Bruder Levi hinter ihnen. „Die Ärztin ist gerade herausgekommen."

BJ hob sich die Frage für später auf. Für den Moment hoffte er, dass die Ärztin gute Neuigkeiten hatte.

Shar blieb das Herz im Hals stecken, als sie ihre Röcke anhob und den Gang entlang auf die Ärztin zueilte. Der Rest der Familie machte ihr Platz, um sie zu der hübschen Ärztin durchzulassen und sie blieb neben ihrem Vater stehen.

All die Gefühle, die sie zu unterdrücken versucht hatte, hatten sich mit jeder Minute, die verstrichen war und in der sie nichts Neues über Gages Zustand erfahren hatte, zu einem überwältigenden Sturm in ihrem Inneren zusammengebraut.

„Wie geht es ihm?", keuchte sie und ihre Stimme brach.

„Er ist außer Lebensgefahr. Der Schaden war nicht

so umfassend, wie er hätte sein können; das hat ihm das Leben gerettet."

Shar bedeckte ihr Gesicht mit den Händen, unterdrückte einen Aufschrei und bekämpfte den Drang, zusammenzubrechen. Sie griff nach dem Arm ihres Vaters. „Er wird es schaffen." Früher war sie der Überzeugung gewesen, dass sie ihr Leben mit niemandem teilen wollte. Dass ein Mann nur versuchen würde, sie zurückzuhalten und ihr Bedürfnis, einen großen Teil ihres Lebens der Rettung von Meeresschildkröten und dem Schutz der Eier am Strand zu widmen, einzudämmen. Doch dann war Gage aufgetaucht und hatte ihre Welt und ihr ganzes Denken auf den Kopf gestellt. Und jetzt war es ihr Herzenswusch, Mrs. Lancaster zu werden. Ihr Leben mit ihm zu verbringen, während sie beide mit den Schildkröten arbeiteten.

Jetzt wollte sie nur noch ihn.

Die Ärztin erklärte noch einige Details, auf die sie sich zu konzentrieren versuchte, aber eigentlich wollte sie nur noch wissen, wann sie Gage sehen konnte.

„Wir bringen ihn auf die Intensivstation. Eine

Krankenschwester wird kommen, um Sie zu holen. Ich werde regelmäßig nach ihm sehen."

„Dankeschön", sagte ihr Vater zu der Ärztin.

Alles, was Shar tun konnte, war nicken. Alles, woran sie denken konnte, war, dass sie Gage bald würde sehen können.

Langsam kam Gage wieder zu sich. Er erinnerte sich an das meiste von dem, was passiert war. Er erinnerte sich daran, seinen Bruder und die Pistole gesehen und um sein Leben gekämpft zu haben. Er erinnerte sich an Shars Kuss.

Er hatte nur daran denken können, als er in der Notaufnahme mehrmals zu sich gekommen und wieder weggedriftet war.

„Gage. Kannst du mich hören? Ich liebe dich. Die Ärztin sagt, du wirst es schaffen."

Sein Herz raste und er kämpfte darum, seine Augen zu öffnen. Er musste sie sehen. Musste sich dafür entschuldigen, dass er die Hochzeit ruiniert hatte. Und dann spürte er, wie sie ihre Lippen auf seine drückte.

Ihre warmen, süßen Lippen bedeckten seine und machten ihn benommen vor Liebe und Verlangen nach ihr. Und er öffnete seine Augen... ihr Kuss zeigte ihm den Weg nach Hause.

„Ich möchte jeden Morgen mit einem Kuss von diesen Lippen geweckt werden", murmelte er und legte den Arm, in dem sich kein Infusionsschlauch befand, um ihre Schulter und hielt sie fest.

Sie begann zu weinen. Vergrub ihr Gesicht an seinem Hals und schluchzte. „Oh Gage. Du bist zu mir zurückgekommen."

Er strich ihr übers Haar, atmete ihren zarten Duft ein und küsste sanft ihre Schläfe. „Natürlich bin ich das."

Sie bekam einen Schluckauf, nahm dann sein Gesicht in ihre Hände und küsste ihn. Und dann sah sie ihn voller Liebe an. „Hast du dort angehalten, um deinen Bruder zu sehen?"

Sein Kopf wurde klar und er erinnerte sich. „Brandon. Es tut mir leid, Shar. Ich hätte damit warten sollen. Aber ich habe die Information nun mal erhalten und musste auf dem Weg zum Resort ohnehin am

Anleger vorbei und ich konnte einfach nicht vorbeifahren. Ich musste wenigsten einen kurzen Blick auf ihn werfen. Ich hatte nie vor, zu spät zu kommen. Dich sitzen zu lassen."

„Ich weiß. Und ich verstehe es. Aber er weiß es noch immer nicht. Ich denke nicht, dass ihm klar ist, dass du und er diese unglaublich tollen blauen Augen miteinander teilt."

Gage brachte ein Lächeln hervor. „Das ist dir aufgefallen?"

„Natürlich ist es das. Genauso wie dem Großteil meiner Familie, der weiß, was vor sich geht. Sicherlich wird ein DNA-Test gemacht werden müssen, aber die Augen haben mich überzeugt."

„Sie kommen von meinem Vater." Er erinnerte sich daran, wie sicher er in dem Moment gewesen war, in dem er BJs Augen gesehen hatte.

Shar strich ihm von der Schläfe bis zum Kiefer übers Gesicht. „Er weiß es noch nicht. Er ist hier und er hat Fragen. Aber er hat keine Ahnung, dass er dein Bruder ist. Gage, er denkt, dass sein Vater gestorben ist, als er noch ein kleiner Junge war."

Gage schloss die Augen und verarbeitete diese Information. „Das macht Sinn. Nach allem, was wir uns zusammengereimt haben, hat sie schnell geheiratet und ihren Namen geändert; vielleicht hat sie sogar einen falschen Namen verwendet, bevor sie geheiratet hat."

Shar schaute ihn besorgt an. „Stress dich deswegen momentan nicht zu sehr. Er ist hier. Du wirst Zeit haben, mit ihm zu reden, doch im Moment steht deine Genesung an erster Stelle. Wenn du von der Intensivstation runter bist, dann kannst du darüber nachdenken."

Gage rieb ihren Rücken. „Du bist großartig", flüsterte er. „Ich liebe dich. Und alles, woran ich jetzt gerade denken möchte, ist, aus diesem Bett herauszukommen und dich zu meiner Frau zu machen."

Sie lächelte. „Bald. Ruh dich jetzt aus. Ich werde hier sein, wenn du aufwachst."

Die Augen fielen ihm zu und er wusste, dass er ein Lächeln auf dem Gesicht hatte, während die Medikamente, die er bekam, ihn zurück in den Schlaf zogen.

KAPITEL SIEBEN

Zwei Tage nach den Schüssen auf seinem Boot war BJ zurück auf dem Weg ins Krankenhaus. Shar Sinclair hatte ihn angerufen und ihm mitgeteilt, dass Gage mit ihm sprechen würde, wenn er vorbeikäme. „Wann soll ich da sein?", war seine einzige Frage gewesen.

Er hatte die Tage des Wartens mit der Säuberung seines Bootes verbracht. Er hatte sich all das, was passiert war, durch den Kopf gehen lassen, hatte aber keine Antwort auf die Frage finden können, was Gage Lancaster von ihm gewollt haben könnte. Er hatte online nach Informationen über Gage gesucht und beim Aufruf der Hochzeitsanzeige erfahren, dass Gage eigentlich Benjamin Gage Lancaster hieß und der Sohn von Milton Lancaster und Geschäftsführer von Lancaster Industries war. Er und sein Vater hatten Lancaster Industries zu einem höchst erfolgreichen Unternehmen gemacht.

Er hatte außerdem erfahren, dass Gage das Unternehmen geerbt hatte und das es seit Miltons Tod Spekulationen bezüglich des Unternehmens gabs.

Was hatte Gage Lancaster von ihm gewollt?

Und wie hatte das so wichtig sein können, dass er dafür in Kauf genommen hatte, zu spät zu seiner Hochzeit zu kommen?

Heute würde er es herausfinden.

Er trug Jeans und ein blaues T-Shirt, als er an die Tür des Krankenzimmers klopfte. Shar kam an die Tür. Ohne die Sorgen und den Stress, der ihr zwei Tage zuvor deutlich ins Gesicht geschrieben gewesen war, sah sie um einiges besser aus. Ein Lächeln erhellte ihr Gesicht, als sie ihn begrüßte.

„BJ, komm herein. Bitte."

Gage saß aufrecht im Bett und lächelte, als BJ

hereinkam und die Hand ausstreckte.

„Du siehst besser aus. Ich bin froh, dass es dir gut geht."

Gage drückte ihm fest die Hand. „Danke. Ich soll morgen entlassen werden. Und ich habe darüber nachgedacht, noch solange zu warten, bis ich mit dir spreche. Doch ich entschied, dass es nicht länger warten konnte. Und du verdienst zu erfahren, was los ist."

„Ich muss zugeben, dass ich neugierig bin", sagte BJ. „Was sollte Benjamin Lancaster von mir wollen?"

Gage blickte zu Shar und sie kam an seine Seite und zog aus dem Schrank neben dem Krankenhausbett einen gelben Ordner hervor. Sie gab ihn Gage, legte dann eine Hand auf seine Schulter und lächelte BJ an.

BJ befand, dass das Ganze mit jeder Minute undurchsichtiger wurde.

„Shar hat mir erzählt, dass dein Vater starb, als du noch klein warst. Ich hätte gern, dass du einen Blick auf diese Fotos wirfst."

BJ nahm den Ordner und schlug ihn auf. Er wollte das alles hinter sich bringen und zu seinem Leben zurückzukehren. Er blätterte durch den Ordner, zögerte dann aber, als er auf ein Bild stieß, das seine Mutter mit einem Mann zeigte, der ein Kleinkind auf seinen Schultern trug, während sie den Strand entlanggingen. Sie lachten alle. Glücklich.

Es gab weitere Fotos von seiner Mutter und dem älteren Mann, einige mit dem Kleinkind.

„Ist das deine Mutter?", fragte Gage.

BJ schaute Gage in die ernsthaften, blauen Augen und wie beim ersten Mal, als er Gage getroffen hatte, fühlte sich etwas vertraut an. „Ja. Aber den Mann erkenne ich nicht." Er sah sich das Kleinkind genauer an und es dämmerte ihm, dass er das selbst als Baby war. „Und das bin ich? Richtig?"

Gage nickte. „Genau. Und das ist mein Vater, Milton Lancaster, der dich da hält."

BJ betrachtete die Fotos erneut. Seine Mutter sah unfassbar glücklich aus. Aber sie hatte immer glücklich ausgesehen. Sie war eine liebevolle Frau mit einem großen Herzen gewesen.

„Wir suchen seit Jahren nach dir, BJ. Wir müssen einen DNA-Test machen, um sicherzugehen, aber ich bin überzeugt davon, dass du mein Bruder bist."

BJs Kopf schnellte hoch. „Wie bitte?"

„Glaub mir", sagte Gage. „Für mich war es ebenfalls ein Schock, als der Anwalt beim Verlesen des Testaments erwähnte, dass ich einen lange verschollenen Bruder habe. Was für eine unglaubliche Neuigkeit."

BJ trat einen Schritt zurück, sein Herz schlug heftig gegen seine Rippen und seine Hände wurden kalt. „Mein Vater ist gestorben als ich noch ein Baby war."

„Nein, dein Vater ist vor drei Monaten in Manhattan gestorben."

„Vielleicht solltest du dich setzen", sagte Shar, die zum ersten Mal etwas sagte. „Das ist eine Menge zu verarbeiten."

„Stehen ist schon okay."

Shar gab Gage einen weiteren Ordner, Gage zog ein Foto heraus und streckte es BJ hin. „Dein Name ist Brandon. Das ist mein Vater, als er in deinem Alter war."

BJ griff nach dem Foto und starrte auf das Portraitbild von Milton Lancaster. Er sah zu Gage und schaute dann in den Spiegel an der Wand über dem Waschbecken hinter Shar. Gages Augen waren ihm vertraut vorgekommen, weil es seine eigenen waren. Es waren Miltons Augen.

Sein Magen verkrampfte sich, er fühlte sich krank und in dem Zimmer wurde es plötzlich ganz heiß. Warum? Falls das stimmte, warum hatte seine Mutter ihn angelogen? Er stellte Gage dieselbe Frage.

„Wenn man nach dem geht, was der Anwalt und Freund meines Vaters mir offenbarte, dann hat mein Vater deine Mutter heiraten wollen. Er liebte dich und sie und er wollte dich nach Hause bringen, wo ich war, und aus uns eine Familie machen. Aber deine Mutter war ein Freigeist, der nicht nach New York ziehen wollte. Ich denke, sie machte sich Sorgen, dass mein Vater versuchen würde, dich ihr wegzunehmen, wenn sie der Heirat nicht zustimmen würde. Und um ehrlich zu sein, hatte sie damit womöglich Recht. Mein Vater war es gewöhnt, das zu bekommen, was er haben wollte.

Aber dann sind du und sie plötzlich aus Windswept Bay verschwunden und trotz der Privatermittler, die er engagierte, um dich zu finden, gelang ihm das nie. Ein Ermittler fand schließlich doch eine Spur von dir, doch mein Vater, unser Vater, erlitt einen tödlichen

Herzinfarkt, bevor er der Spur nachgehen konnte. Ich habe beim Verlesen des Testaments von dir erfahren. Du wirst natürlich einen Test machen müssen, nur um rechtlich auf der sicheren Seite zu sein, aber du bist jetzt Teilhaber von Lancaster Industries."

BJ starrte erst Gage an und dann Shar. Das Ganze war ja völlig verrückt.

„Was wäre, wenn ich dir sage, dass ich mit meinem Leben, so wie es ist, ziemlich zufrieden bin?"

„Du wärst dennoch mein Bruder und Partner. Es ändert nichts. Und ich muss dir sagen, dass ich mich darauf freue, dich kennenzulernen. Ich habe außer Shar und deren Familie niemanden."

„Wir wissen, dass das eine Menge zu verdauen ist, Brandon." Shar sah ihn verständnisvoll an.

„Ich bevorzuge BJ", sagte er und wusste, dass er abweisend klang. Was unangemessen war. Aber das war eine ganze Menge zu verarbeiten.

„BJ." Shar lächelte und berührte seinen Arm. „Wir wissen, dass das alles ein Schock für dich sein muss. Aber wir werden genug Zeit haben, um das alles aufzuarbeiten. Allerdings werden wir morgen heiraten und wir würden uns riesig freuen, wenn du auch kommst. Gage würde sich riesig freuen, wenn du da wärst."

BJ strich sich mit einer Hand durchs Haar und versuchte, dass alles aufzunehmen. Er war jemand, der dorthin ging, wo der Wind ihn hintrieb. Er besaß ein Boot, das er von Hafen zu Hafen steuerte und führte ein Leben, dass zu ihm passte. Er war kein Typ, der einen Anzug trug. „Ich glaube, ich brauche etwas Zeit, um darüber nachzudenken." Er drückte Shar die Ordner in die Hand.

„Die gehören dir. Wir haben Kopien."

„Nimm sie. Wir würden uns sehr freuen, wenn du morgen um drei zu unserer Hochzeit kommst. Wir haben sie vorverlegt. Ich will nicht noch länger damit warten, die Frau zu heiraten, die ich schon einmal versetzt habe." Gage lächelte Shar an.

BJ nahm die Liebe war, die die beiden miteinander verband. Doch er war nicht bereit, all das, was sie gesagt hatten, zu akzeptieren. Noch nicht. „Ich wünsche euch alles Gute und eine schöne Hochzeit. Aber jetzt muss ich erst einmal nachdenken."

Er drehte sich um, ging aus dem Zimmer und den Gang entlang zum Fahrstuhl.

Doch so sehr er sich auch weigern wollte, zuzugeben, dass seine Mutter ihn belogen hatte, so sagten ihm doch Bauch und Augen, dass das nicht funktionieren würde. Er hatte einen Bruder.

Was sollte er nun tun?

KAPITEL ACHT

„Sag mir, dass er dort draußen ist", sagte Shar, als Jillian mit einem riesigen Grinsen auf dem Gesicht in den Umkleideraum geeilt kam.

„Ja, er ist dort draußen. Er ist seit Stunden hier. Ich glaube, er hat in einem der Zimmer kampiert, damit er nicht fahren muss."

Cali kicherte. „Gerüchten zufolge soll er in seinem Smoking geschlafen haben, damit er bereit ist."

Shar lachte. „Du bist so witzig. Ich wollte dich nur etwas aufziehen. Ich habe nicht den geringsten Zweifel daran, dass er hier ist. Er hat mir den ganzen Morgen über süße Textnachrichten geschickt." Mit der noch frischen Wunde bewegte er sich zurzeit noch nicht besonders schnell, doch er hatte darauf bestanden, so schnell wie möglich zu heiraten. Von BJ hatten sie nichts gehört, aber Gage hatte gemeint, dass sich schon alles finden würde. Doch jetzt war es an der Zeit für eine Hochzeit. Allerhöchste Zeit.

Und sie hatte ihm diesbezüglich zugestimmt.

Es klopfte an der Tür und Jillian öffnete sie. Ihr Vater lächelte sie von der Türöffnung aus an. „Es ist Zeit, Superwoman."

Shar grinste und konnte es bis in ihre Zehen spüren. „Nein, heute bin ich einfach nur ich selbst."

Gracie lächelte über Sam Sinclairs Schulter hinweg. „Okay, Ladies, Zeit zum Abmarsch."

„Dann lasst uns die Show mal auf die Füße stellen", sagte Cali mit einem Funkeln in den Augen.

Sie und Jillian gingen voran und Shar folgte ihnen. Sie schob ihren Arm durch die Armbeuge ihres Vaters und dann begannen ihre Schwestern eine nach der anderen, den Weg entlang zu schreiten. Für einen kurzen Moment bedauerte sie es, dass Olivia es trotz der Verzögerung nicht geschafft hatte zu kommen. Jillian und Cali hatten ihr schließlich das Klatschmagazin mit Olivias Foto auf der Coverseite gezeigt. Und später hatte sie es auch selbst im Laden entdeckt. Ihre besonnene

Schwester hatte sich selbst in eine interessante Misere gebracht.

Cali hatte mit ihr gesprochen. Olivia hatte ihr versichert, dass sie die Dinge unter Kontrolle hatte und dass alles nicht so war, wie es auf den Fotos und in dem dazugehörigen Artikel schien. Sie hatte alles im Griff.

Shar befand, dass es ihre Schwester schlechter hätte treffen können – schließlich hatte sie mit dem heißesten Typen Hollywoods herumgeknutscht. Ein Zeitschriftencover mit ihrem Foto darauf war wahrscheinlich nur ein kleiner Preis für einen solchen Kuss.

Andererseits war der einzige Kuss, für den sich Shar im Moment interessierte, der, den Gage ihr geben würde, wenn der Pfarrer sagen würde: „Sie dürfen die Braut jetzt küssen.‟

Heute würde sie egoistisch sein. Das war ihr und Gages Tag. Sie würde sich später Gedanken um Olivia machen.

Als die Musik einsetzte und sie und ihr Vater begannen, den Weg entlangzugehen, der zu Gage führte, erblickte sie ihn und ihr Herz schwang sich mit den Möwen in die Höhe und segelte durch die Wolken am hellblauen Himmel.

Sein Blick fixierte ihren und Schmetterlinge tanzten in ihr. Sie musste sich zurückhalten, um mit ihrem Vater in der vereinbarten Geschwindigkeit zu gehen und empfand den Weg länger als jeden anderen, den sie jemals beschritten hatte.

Sie dachte an den Tag, an dem sie Gage zum ersten Mal gesehen hatte, als er aus der Brandung gejoggt war, um ihr bei der Rettung einer Meeresschildkröte zu helfen. Schon in diesem Moment hatte sie eine Verbindung gefühlt und es war eine, die ein Leben lang halten würde.

Er lächelte, als sie ihren Platz vor ihm einnahm und sie einander an den Händen hielten. Die Meeresluft umhüllte sie und die seichte Brandung brachte ihnen ein Ständchen, während der Pfarrer die Zeremonie leitete. Sie hatten nur Augen füreinander. Und als der Pfarrer sagte, „Sie dürfen die Braut jetzt küssen", schlug Shars Herz heftig und sie konnte das Grinsen, das sich auf ihrem ganzen Gesicht ausbreitete, nicht zurückhalten… Gage hob eine Augenbraue, zwinkerte ihr mit einem seiner wunderschönen, meeresblauen Augen zu und umschlang sie dann mit seinen Armen. „Ich würde dich in meinen Armen herumschwingen, wenn die Wunde nicht wäre.", sagte er und dann küsste er sie von ganzem Herzen.

„Ich liebe dich, Mrs. Lancaster", sagte er nach einem langen Moment.

„Und ich liebe dich", murmelte Shar, dann zog sie seinen Kopf zu ihrem und setzte den Kuss fort. Dieser Kuss würde für immer andauern.

—Ende—

Das war eine Kurzgeschichte, die Irgendwo Mit Dir mit dem nächsten Buch der Windswept Bay Reihe verbindet. Lass dir FÜR IMMER UND EWIG nicht entgehen, in dem sich BJ McCall durch die neuen Wendungen zu navigieren versucht, die sein Leben genommen hat und Olivia Sinclair nach Hause zurückkehrt, um mit dem klarzukommen, was in ihrem eigenen Leben geschehen ist... du wirst dir Für Immer Und Ewig nicht entgehen lassen wollen.

FÜR IMMER UND EWIG

Windswept Bay

DEBRA CLOPTON

KAPITEL EINS

Olivia Sinclair drehte sich in ihrem Bett auf die Seite und zog das Kissen über ihren Kopf, während die Katze draußen vor ihrem Fenster jammerte. „Geh weg", grummelte sie. Sie brauchte Schlaf. Alles, was sie wollte, war nur ein wenig Schlaf.

Das Jammern war erneut zu hören.

„Gib mir eine Pause, Kätzchen", murrte sie. „Geh weg."

Sie hatte Hollywood vor zwei Tagen und lange vor Sonnenaufgang verlassen und war die 2.300 Meilen nach Windswept Bay gefahren. Sie hatte versucht, in zwei Kleinstadthotels für kurze Zeit zu schlafen; einem im Pfannengriff von Texas und einem in Mississippi, doch sie hatte nicht viel Schlaf bekommen, während ihre Gedanken sich unaufhörlich um den Skandal, der sich in ihrem Leben abspielte, drehten.

Jedes Mal, wenn sie wegen Benzin angehalten hatte, hatte sie ein Baseballcap und eine Sonnenbrille tragen müssen. Und wenn sie wegen einer Tasse Kaffee oder einer Limo in einen Laden gegangen war, hatte sie ihren Kopf nach unten halten und hoffen müssen, dass niemand, der mit ihr in der Schlange stand, zufällig die Coverfotos in den Zeitschriftenständern neben dem Tresen ansah... ihr Bild zierte verschiedenste Boulevardblätter. Auf den meisten war ihr Gesicht natürlich teilweise von dem Gesicht des Megafilmstars Brad Pearson verdeckt, während er sie mit einem Kuss, der aus dem Nichts kam, überrascht hatte.

Was hatte er sich gedacht? Was hatte er getan?

Sie war deswegen und wegen der Komplikationen, die seine merkwürdige Aktion in ihrem Leben verursacht hatten, noch immer verunsichert. Der Skandal, den sein Kuss in Gang gesetzt hatte, drohte, ihre Karriere zu zerstören. Er war ihr Klient in der PR-Agentur, für die sie arbeitete, und bis zu diesem Moment war ihr Verhältnis rein geschäftlich gewesen, wie es ihre Agentur von ihr verlangte. Sowie ihr persönlicher Moralkodex, wenn es um Klienten ging.

Sie wollte gerade nicht darüber nachdenken.

Sie wollte schlafen.

Etwas, das sie seit Tagen nicht getan hatte, während sie versucht hatte, den außer Kontrolle geratenen Medienangriff zu stoppen.

Das Schlimmste daran war, dass sie es hätte kommen sehen müssen. Hätte irgendein Zeichen erkennen sollen, dass sich seine Gefühle für sie verändert hatten… doch das hatte sie nicht.

Das Jammern war erneut zu hören. *Vielleicht stimmte mit der Katze etwas nicht…* Sie stöhnte und zog das Kissen von ihrem Kopf; sie konnte eine Katze in Not nicht ignorieren. Sie setzte sich auf. „Okay, okay."

Sie schaute auf die Uhr und wollte heulen. Es war gerade einmal halb sechs. Mit verschwommenem Blick und einem Gefühl, als würde sie sich durch einen Tunnel des Schlafmangels bewegen, tapste sie barfuß

3

durch das Haus und auf die Terrasse hinaus. Da bemerkte sie, dass es ein nebliger Morgen war.

Der Nebel war hereingerollt, seitdem sie vor ganzen drei Stunden angekommen war. Sie schaute flüchtig den kurzen Weg entlang und über den weitgestreckten, weißen Sand, der den Bungalow vom Wasser trennte. Wie der stürmische frühmorgendliche Himmel aussah, würde der Nebel wahrscheinlich in Regen übergehen.

Das Jammern war erneut zu hören und sie drehte sich um in Richtung des Geräusches. Eine kleine Katze mit rotem Fell saß an der Dachkante.

„Wie bist du dort hoch gekommen?" Olivia ließ ihren Blick auf der Suche nach irgendeinem Ast, den die Katze benutzt haben könnte, umherschweifen. Sie sah einen; sie konnte sich vorstellen, wie sich die Katze von dem Ast der drei Meter hohen Palme nahe des Hausendes hatte fallen lassen können. Oder vielleicht war sie den Feuerbuschstrauch hochgeklettert und von dort auf das Dach gesprungen. Beides würde offensichtlich ein Problem für das Herunterkommen darstellen. Mit einem Stöhnen biss sich Olivia auf die Unterlippe und rieb sich die Stirn, während der

Gedanke, auf eine Leiter zu klettern und die Katze zu retten, langsam zu ihr durchdrang. Ihre Brust zog sich schon bei der bloßen Vorstellung daran zusammen. Höhen waren nicht ihre Stärke. Offen gesagt waren sie ihre Achillessehne und machten ihr auf wirklich lähmende Weise Angst.

Die Katze miaute erneut und neigte ihren Kopf, um zu ihr hinunter zu schauen. Sie sah bemitleidenswert aus.

„Oh, das ist sowas von nicht gut." Doch die Katze herunterzuholen, war offensichtlich die einzige Möglichkeit, zurück ins Bett zu kommen. *Sie schaffte das.* Sie konnte einfach die Leiter holen, auf das Dach steigen, die Katze retten und dann würde sie direkt wieder runtersteigen. Nicht nach unten schauen, sich nicht umsehen. Das würde für sie okay sein.

Sie eilte von der Terrasse zu dem kleinen, in den Bäumen versteckten Schuppen für die Hausmeister des größeren Anwesens, auf dessen Grundstück dieser Bungalow stand. Ihre Schwester hatte einen wirklich guten Deal vereinbart, der es ihr ermöglichte, über das Jahr hinweg in dem Bungalow zu leben und für die

Eigentümer nach dem Haus zu sehen. Sie kamen selten vorbei, wie die meisten der Hausbesitzer an diesem exklusiven Privatstrand.

Als sie die Tür öffnete, entdeckte sie die gegen die Wand gelehnte Leiter. Sie zog sie heraus und dann über den Sand. Sie trug sie auf die Terrasse, lehnte sie gegen das Dach und überprüfte dann ihre Standfestigkeit. Ihr Mund war trocken und ihre Handflächen feucht – sie konnte so tun, als sei dies dem Nebel geschuldet, doch sie wusste, dass es Schweiß war. Verschwitzte Handflächen waren für sie nicht üblich, doch wenn es um Höhen ging, hatte sie welche.

Ihr Magen wurde unruhig, als sie ihren Fuß auf die erste Sprosse der Leiter setzte und realisierte, dass sie noch immer ihren kurzen Schlafanzug trug. Sie hielt inne. *Vielleicht sollte sie sich umziehen.* Das Jammern der Katze verdrängte diese Idee. Außerdem war niemand in der Nähe und sie würde es nur als Ausrede benutzen, um nicht zu tun, was sie tun musste. Ihr unruhiger Magen verwandelte sich in stürmische See, während sie sich dazu zwang, einen Fuß nach dem anderen auf eine neue, höhere Sprosse zu setzen. Durch den feuchten Nebel fühlte sich das Metall rutschig an, was ihre Angst nur noch vergrößerte. Mit gerade so blinzelnden Augen – das war, damit sie die Umgebung nicht wahrnahm – erreichte sie den Rand des Daches.

Die Katze hatte sich jedoch weiter die Dachkante entlang zurückgezogen.

Olivia versuchte, die Katze herbeizurufen, doch quietschte stattdessen nur. Sie räusperte sich und versuchte es erneut. Dieses Mal kamen tatsächlich Worte heraus. „Hier, Kätzchen, Kätzchen."

Die Katze miaute.

Olivia spürte die Furcht davor, komplett auf das Dach zu steigen, im ganzen Körper. Es fühlte sich an wie eine richtig schlimme Grippe. Ihr Herz pochte unregelmäßig, während sie ihre Hände auf die oberste Sprosse der Leiter legte. Mit zusammengebissenen Zähnen ging sie eine Sprosse nach oben und legte ihre Hände dann auf das Dach. Ihre Finger fühlten sich schwach an… wie weiche Knie.

Dieses „Problem" hatte sie schon seit ihrer Kindheit.

„Konzentriere dich auf die hilflose Katze",

murmelte sie und blinzelte durch ein Auge die Dachkante entlang. „Sieh nicht nach unten." Sie sprach jedes Wort wie eine Anordnung deutlich aus und krabbelte langsam von der Leiter auf die nassen Schindeln. Sie rutschte aus und ihr Fuß stieß gegen die Leitersprosse, während sie verzweifelt nach etwas zum Festhalten suchte. Glücklicherweise rutschte sie nicht vom Dach.

Doch die Leiter krachte auf die Terrasse, wodurch sie zusammenzuckte und die Katze davonrannte. Sie machte sprang voran in die Palme auf den Ast und verschwand aus ihrem Sichtfeld.

Olivia starrte mit offenem Mund auf die Stelle, wo sie verschwunden war. „Ahh, warum nur", sagte sie mit zittriger Stimme, gerade als der Nebel in Nieseln überging. Und ihre Stimmung in den Keller sank.

„Vielen Dank auch", murmelte sie grimmig und warf einen bösen Blick in Richtung Himmel. „Das war eine großartige Woche."

Sie schaffte es, sich von ihren Knien auf ihr Hinterteil zu bewegen, wobei sie sich darauf konzentrierte, nicht nach unten zu schauen und nicht auszurutschen. Die raue Oberfläche der Schindeln fühlte sich durch das dünne Material ihres Schlafanzugs nicht gut an. Sie erblickte die Satellitenschüssel außerhalb ihrer Reichweite. Doch war zu zittrig, um sich zu bewegen, daher zog sie ihre Knie an und schloss ihre Arme um sie. Während sie versuchte, nicht zu hyperventilieren und selbst zu jammern, legte sie ihr Kinn auf die Knie und fokussierte das Wasser in der Ferne. Wenn sie auf das Wasser starrte, konnte sie sich vormachen, dass sie drei Meter weiter unten auf der Terrasse stand.

Alles, was sie tun musste, war, nicht nach unten zu blicken. Dann wäre alles in Ordnung.

Das Problem war: wie kam sie vom Dach?

Als BJ McCall sein morgendliches Joggen auf dem regendurchtränkten Privatstrand unterbrach und zu dem kleinen Bungalow starrte, war er sich nicht sicher, was ihn mehr überraschte: War es die völlig durchnässte Frau, die auf dem Dach kauerte, oder dass pinke Flamingos über das gesamte Stück des triefendnassen

Stoffs, den sie trug, verteilt waren?

Was machte sie dort oben?

Es war eine lange Woche gewesen. Er hatte ein paar Nächte in Folge ohne Schlaf verbracht, während er versuchte die Tatsache zu verarbeiten, dass fast alles, was er über sein Leben geglaubt hatte, eine Lüge gewesen war. Diese Neuigkeiten, von denen er erst in dieser Woche erfahren hatte, verwirrten ihn noch immer und er versuchte, sich damit auseinanderzusetzen. Doch er war sich nicht sicher, ob das möglich war. Daher der frühmorgendliche Lauf über den nebligen Stand... der Privatstrand, an dem das Haus seines neuen Bruders lag. Das Haus, von dem er gerade erst erfahren hatte, dass es zur Hälfte ihm gehörte.

Als ein Mann, der nie ein Haus hatte haben wollen oder gebunden sein wollte, lebte er auf seinem Boot und fuhr, wohin ihn der Wind oder seine Einfälle ihn trugen. Die Neuigkeiten, die er verarbeitete, waren für seine Welt, wie er sie kannte – oder sie wollte –, verstörend.

Die Frau auf dem Dach bewegte sich nicht.

War sie real? Oder vielleicht ein Hirngespinst seines an Schlafentzug leidenden Geistes?

Er rieb sich die Augen. Fast glaubte er, dass die wie eine Wetterfahne inmitten des regnerischen Morgens auf dem Dach kauernde Frau tatsächlich ein Hirngespinst seines übermüdeten und überbeanspruchten Gehirns sein konnte.

Doch als er durch den stärker werdenden Regen blinzelte, war sie noch immer da.

Ja, sie war so real wie sie sein konnte.

Zu erfahren, dass er einen älteren Bruder hatte und einen Vater, von dem er nie gewusst hatte, der vor kurzem gestorben war und ihm nicht nur einen älteren Bruder und die Hälfte eines riesigen Hauses an einem Privatstrand im malerischen Windswept Bay hinterlassen hatte, sondern auch die Hälfte der Teilhabe an einem Multimillionen-Dollar-Unternehmen in New York – *Manhattan,* New York – war ein Schock gewesen.

Manhattan. Ein Ort, der ihn, trotz seiner Reiselust, nie angezogen hatte.

Er wollte freie Flächen und der Gedanke an all diese Gebäude und dass der Himmel nur sichtbar war, wenn man gerade nach oben sah, stand nicht auf seiner

Bucket List.

Und was Geld betraf... Er war ein einfacher Mann und hatte, was er brauchte.

Brauchte. Diese Frau brauchte offensichtlich Hilfe.

Er lief vorwärts und sah sie an ihrem kurzen Kittel ziehen; oder vielleicht war es das Oberteil eines kurzen Schlafanzugs. Wenn sie nicht so bemitleidenswert ausgesehen hätte, hätte er womöglich gelacht. Doch er hatte Mitleid mit ihr, daher verkniff er es sich.

Er lief mit großen Schritten zu dem kurzen Pfad, der zum Haus führte, als sich das Nieseln plötzlich in Platzregen verwandelte. Und noch immer unternahm sie nichts, um von dem Dach zu kommen. BJ zog die Augenbrauen zusammen und begann zu rennen. An diesem Bild stimmte definitiv etwas nicht.

KAPITEL ZWEI

„Das ist nicht mehr witzig", murmelte Olivia, als der starke Regenguss über sie hineinbrach. Durch nasse Haarsträhnen warf sie einen zornigen Blick zum Himmel, während der Regen sie durchnässte.

Die Panik, von dem nassen Dach zu rutschen und auf die harte Terrasse zu stürzen, lähmten sie immer mehr, doch sie schaffte es, sich langsam zu bewegen, bis sie ihre Hand fest um die kleine Satellitenschüssel legen konnte. Sie war kalt und glitschig vom Regen, doch gab ihr etwas mehr zum Festhalten als ihre Knie, während der Regen auf sie niederprasselte. Ihr Haar hing ihr wie ein nasser Mantel im Gesicht; sie wollte es sich so gern aus ihren Augen schieben, doch sie wagte es nicht, ihre Hände von der Metallscheibe zu lösen, an die sie sich klammerte.

Sie befand sich zu nah an der Kante – beim bloßen Gedanken daran wurde ihr schlecht und in dem Versuch, sich weniger verletzlich zu fühlen, überkam sie der Drang, eine Handvoll Dachschindeln zu packen. Sie schloss ihre Augen gegen den Regen, der über sie rann, und konzentrierte sich darauf, sich nicht zu bewegen. Mit dem Regen, der jetzt vom Dach hinunter lief und sich in Wasserfällen über die Kante ergoss, fühlten sich ihre Füße wie auf rutschigem Eis an. Sie malte sich aus, wie sie in dem Regenguss davongespült wurde.

„Steckst du in Schwierigkeiten?"

Von der tiefen Stimme erschreckt, warf sie einen flüchtigen Blick nach unten, wo sie einen Mann mit Kapuze sah, den sie vor einigen Augenblicken auf dem Strand gesehen hatte, als sie zum Meer geblickt hatte. Er schaute von der Terrasse aus zu ihr hinauf. Ihr Magen verkrampfte sich, weil sie nach unten gesehen hatte, und sie konzentrierte sich schnell wieder auf den Strand.

Sie hatte gesehen, wie er auf dem Strand stehen geblieben war, doch ihr war es zu peinlich gewesen, mit einer Hand um Hilfe zu winken, wie es eine normale Person getan hätte. Stattdessen wägte sie die Folgen ihrer Handlungen ab, hin- und hergerissen zwischen dem Rufen nach Hilfe und dem Wunsch, dass er weggehen würde – schließlich trug sie immer noch diesen bescheuerten, kurzen Florida-Flamingo-Schlafanzug.

Und dann gab es den anderen Grund. Sie saß mit den Klatschmagazinen schon genug in der Patsche. Wenn dieser Typ ein Foto von ihr schoss und später realisierte, dass er damit eine Menge Geld machen konnte, indem er es an ein Boulevardblatt verkaufte, wäre das genau die Art von Glück, das zu ihr passte. Oder er könnte, soweit sie wusste, der erste Paparazzo sein, der sie ausfindig gemacht hatte und er war dabei, die Exklusivmeldung seines Lebens zu erhalten.

Und sie war nicht einmal die Exklusivmeldung. Jeder Frau wäre an ihrer Stelle, wenn sie mit dem Mega-Filmstar Brad Pearson abgelichtet worden wäre, wie er sie heiß und leidenschaftlich küsste! Die bloße

Erinnerung schickte Wellen aufgeheizter Entrüstung durch Olivia hindurch. Brad hatte sie mit diesem Kuss vollkommen überrumpelt. Und jetzt betitelten die Fotografen sie als die mysteriöse Frau und waren auf der Jagd nach einer brandheißen Story.

Ihr Foto war in den Zeitschriftenregalen jedes Geschäfts und Lebensmittelladens im Land. *Mysteriöse Frau – ha!* Das wünschte sie sich. Das einzige Mysterium an ihr war, was ihr Klient sich gedacht hatte.

Und was hatte sie sich dabei gedacht, als sie ausgerechnet in ihrem Schlafanzug diese Leiter hochgeklettert war?

Olivia warf schnell einen flüchtigen Blick zurück auf den Mann mit Kapuze, der im Platzregen stand und zu ihr hinaufstarrte. *Warum lief er im Regen am Strand entlang?*

Und er fragte sich vermutlich, wer im Regen auf einem rutschigen Dach sitzen würde.

Sie hatte in letzter Zeit schlechte Entscheidungen getroffen. Auf das Dach zu klettern, um die jammernde Katze zu retten, war nicht gerade ihre klügste Handlung, wenn man bedachte, was für panische Angst sie vor

Höhen hatte.

Andererseits könnte es am Schlafmangel gelegen haben, dass sie diese Entscheidung getroffen hatte. Schlafmangel und Mitleid für die Katze. Vielleicht hatte die Katze auch Höhenangst… *Okay, das war Quatsch, aber na ja, sie war müde.*

Und hier war sie auf dem nassen, rutschigen Dach mit kribbelnden Zehen, unregelmäßig pochendem Herzen und einem sehr realen Bedürfnis, ihre Kekse zu erbrechen – falls sie diesen Morgen irgendwelche Kekse gegessen hätte.

Diese verdammte Katze. Das kleine Schätzchen, sollte besser wegrennen, wenn – oder *falls* – sie jemals von diesem Dach herunterkam.

„Geht es dir gut?", fragte er von unten und verhinderte ihren totalen Zusammenbruch.

Ihre Augen verengten sich und sie war froh, dass ihre Haare als eine Art Tarnung fungierten. „Ich bin bei Regen auf einem Dach. In einem pinken Flamingo-Schlafanzug –" Olivia rang nach Luft, als es ihr dämmerte, wie freizügig dieses Outfit war. Sie verschränkte die Arme über ihrem üppigen Dekolleté –

ein Geschenk ihrer Tante Marge, das Olivia sofort aus dem Erbe streichen würde, wenn das nur möglich wäre. Im Moment konnte sie wahrscheinlich einen Wet-T-Shirt-Contest gewinnen. Pinke Flamingos zeigten jedoch hoffentlich nicht so viel wie weiße T-Shirts. Mit verschränkten Armen hielt sie sich krampfhaft an der Satellitenschüssel fest und fühlte sich dabei, als würde sie Twister spielen.

„Ist deine Leiter umgefallen?"

Sie blinzelte zu ihm und rutschte sehr ungraziös. „Nein", fauchte sie. „Ich habe sie mit Absicht umgestoßen." *Wer war dieser Typ?*

Und warum bist du eine Giftnudel, wenn du seine Hilfe brauchst?

Sie warf ihm einen kurzen Blick zu und auf seinem Gesicht lag eine Mischung aus Mitleid und Sorge.

„Entschuldige, alles super", witzelte sie mit versuchter Lässigkeit. Doch ihre Hände rutschten ab und sie schwankte erneut. Das Dach wurde rutschiger.

„Still halten", forderte er sie auf. Ich verstehe. Du hast Höhenangst."

„Bingo", piepste sie. *Sieh nicht nach unten. Sieh*

nicht nach unten. Übergib dich nicht. Übergib dich nicht.

„Was machst du auf einem Dach, wenn du Angst vor Höhen hast?"

Ihre Finger gruben sich ins Metall. „Ich habe *versucht,* eine Katze zu retten", sagte sie mit zusammengebissenen Zähnen. „Aber die undankbare Katze hat sich selbst gerettet." Sie wagte einen Blick nach unten, sah den Mann seine Kapuze herunterziehen und bemerkte, dass er ein sehr attraktiver Mann war. Sie sah auch seine Lippen zucken.

Sie wandte ihren Blick ab und versuchte, keine gruseligen Gedanken über seinen Sturz aufkommen zu lassen. Immerhin war er momentan ihre einzige Rettung.

„Du hast also entschieden, einfach hier oben zu bleiben? Nachdem die Katze sich selbst gerettet hat?"

Spaßvogel. „Nein, machst du Witze?", fauchte sie. „Ich will runter. Ich hätte gar nicht erst hier hoch klettern sollen. Aber weil die Leiter durch den Nieselregen rutschig war, habe ich sie ausversehen weggetreten, als ich auf das Dach stieg. Und jetzt sitze ich fest. Und es schüttet."

„Das sehe ich", rief er.

Hörte sie Hohn in seiner Stimme? Es gab ein kratzendes Geräusch und sie öffnete die Augen. Ihr war nicht einmal klar gewesen, dass sie sie geschlossen hatte. Die Leiter war neben ihr. Und dann war er auf Augenhöhe mit ihr und ja, er war ein attraktiver Mann. Mit den blauesten Augen… und er war dabei, sie zu retten. Sie könnte ihn buchstäblich gleich hier und jetzt küssen. Falls sie ihre Finger von der Satellitenschüssel loseisen konnte.

„Darf ich dir von diesem Dach helfen?" Er lächelte und in ihrem vor dem Erbrechen stehenden Magen wirbelten Schmetterlinge herum.

Ha. Das waren doch keine Schmetterlinge. Nein, in ihrem Job waren unfassbar gutaussehende und charismatische Männer die Norm. Und nicht zum Spielen da. Paradebeispiel – das würde ansonsten zu Futter für die Klatschmagazine werden.

Er streckte ihr seine Hand entgegen und setzte ein unglaubliches Lächeln auf, so unglaublich, dass der Himmel es in diesem Moment für angemessen hielt, es wie aus Eimern schütten zu lassen.

„Das wäre schön", brachte sie heraus, doch konnte ihre Finger nicht dazu bringen, die Satellitenschüssel loszulassen und seine Hand zu nehmen.

BJ versuchte den Anflug von Anziehung zu ignorieren, den er in dem Moment empfand, in dem ihre grünen Augen durch die Masse nasser, blonder Haare seine trafen. Sie hatte Angst, doch strengte sich sehr an, sich zusammenzureißen. Er fühlte mit ihr. Er hatte mal einen Unfall gehabt, bei dem er in einem kleinen, dunklen Schuppen gefangen gewesen war. Er konnte sich noch immer an die Panik erinnern, die er verspürt hatte, ehe ihn sein Vater eine Stunde später gefunden und gerettet hatte. *Sein Vater. Der Vater, der ihn großgezogen hatte...* Er schob die verwirrenden Gedanken beiseite und konzentrierte sich auf die Schönheit, die ihn anstarrte.

Die blonden Haare klebten an ihrem Kopf, doch das betonte nur ihr ovales Gesicht und ihre großen Augen. Etwas an ihr kam ihm bekannt vor. „Kenne ich dich?" Er glaubte nicht, dass er sie vergessen hätte, wenn er sie jemals getroffen hätte, aber etwas hatte sie an sich.

Sie wurde noch blasser, als sie wegen der Höhenangst ohnehin schon war. „Nein, ich bin mir sicher, dass wir uns nicht kennen." Sie sah nach unten, wodurch ihre Haare noch mehr ihres Gesichts verdeckten.

„Und ich bin mir ziemlich sicher, wir kennen uns."

„Tun wir nicht."

„Ich vergesse Gesichter nicht. Zumindest keines wie deines."

Ihre Miene oder das, was er durch all die Haare erkennen konnte, verspannte sich.

„Ich bin gerade erst in die Stadt gekommen." Sie klang bestimmt und ein wenig beunruhigt.

„Okay", sagte er langsam und ließ es gut sein. Das letzte, was er brauchte, war, dass sie noch mehr auskühlte als sie ohnehin schon war. Sie war offensichtlich wie versteinert. „Also, damit ich es richtig verstehe. Du hast schreckliche Höhenangst, doch bist, um deine Katze zu retten, trotzdem hier herauf geklettert und hast es geschafft, die Leiter wegzutreten und festzusitzen."

„Genau genommen ist es nicht meine Katze und ich würde nicht sagen, dass ich schreckliche Angst habe."

Er blinzelte. „Da bist du dir sicher?"

Sie seufzte. „Es stimmt, aber ich möchte das nicht akzeptieren." Sie sah zu ihm auf und diese grünen Augen trafen ihn mitten ins Herz.

„Ich schätze, du könntest die positive Seite daran sehen. Du bist hier hochgeklettert, um ein Held zu sein. Klingt, als hättest du vielleicht ein paar Fortschritte gemacht, indem du dich das überhaupt getraut hast."

„Stimmt. Aber wenn du nicht vorbeigekommen wärst, wäre ich vermutlich hier oben geblieben, bis mich jemand vermisst und nach mir gesucht hätte. Und da niemand weiß, dass ich hier bin…" Die letzten Worte waren eher ein Murmeln.

„Ich verstehe", sagte er, als es ihm plötzlich dämmerte. „Du bist Shars Schwester. Wir haben uns im Krankenhaus kennengelernt, als Gage dort war."

Da hob sie ihren Kopf und schaute ihm direkt in die Augen. Er hätte schwören können, Erleichterung in ihrem Blick zu erkennen.

„Oh, du kennst meine Schwestern Jillian und Shar."

Sie lachte kurz und ja, das war ein erleichtertes Lachen. „Wir sind Drillinge. Auch wenn Shar nicht genauso aussieht, sehen Jillian und ich uns sehr ähnlich... zumindest für die, die uns nicht gut kennen."

„Das erklärt es also. Ich wusste, dass ich dich kenne und hab mich gefragt, warum du das versteckst. Ich hab fast geglaubt, dass du etwas zu verbergen hast", stichelte er.

„Ähm, nein... Ich kenne dich einfach nur nicht. Du warst also im Krankenhaus?"

„Ja. Ich bin BJ McCall."

Es dauerte einen Moment, seinen Namen sacken zu lassen. Und dann dämmerte es ihr.

„Du bist Gages Bruder. Den, den er gerade erst gefunden hat."

„Ja, das war ein sehr ungewöhnlicher Tag." *Das war die Untertreibung des Jahrhunderts.*

„Da bin ich mir sicher", sagte sie sanft.

Sie starrten einander an und der Moment zwischen ihnen dehnte sich. Er wusste, dass sie und Jillian gleich aussahen, und wenn sie trockene Haare hatte und weniger blass war, war er sich sicher, dass sie exakt gleich aussahen, nur die Anziehungskraft, die er verspürte, hatte es zwischen ihm und Jillian nicht gegeben. Ihre grünen Augen hatten nicht sein Inneres berührt, wie es diese jetzt gerade taten.

„Du bist Olivia, richtig?" Er war sich ziemlich sicher, dass er sich daran erinnerte, wie jemand ihren Namen gesagt hatte.

„Ja, das bin ich."

„Nun gut, Olivia, bist du jetzt bereit, runterzukommen?"

„Wieder ja, ich bin bereit. Das ist die beste Idee, die ich seit Tagen gehört habe. Falls ich diese Satellitenschüssel loslassen kann."

Er lächelte und lehnte sich zu ihr hinüber, um eine ihrer Hände in seine zu nehmen. Er drückte behutsam ihre Hand. „Du schaffst das. Komm ein wenig in diese Richtung und dann bringen wir dich auf diese Leiter."

Sie atmete tief durch und schaute ihn unverwandt an, während sie sich Zentimeter für Zentimeter auf die Leiter zubewegte. Sie hielt die Satellitenschüssel mit ihrer anderen Hand noch immer fest und ihm wurde klar, dass nach unten nicht gerade die Richtung war, in die er blicken sollte. Ihr anhaftender, nasser Schlafanzug überließ wenig der Vorstellungskraft und obwohl er in Versuchung war… hielt er stattdessen Blickkontakt mit ihr.

„Du musst das loslassen." Er nickte zu ihrer anderen Hand.

„Oh", keuchte sie und zog ihre Hand unvermittelt von der Satellitenschüssel zu der Leiter.

„Gut so. Jetzt atme tief durch und setze deinen Fuß auf die Sprosse."

Es dauerte eine Weile, doch schließlich schafften sie es hinunter. Sobald sie wieder festen Boden unter den Füßen hatte, drehte sie sich um und warf ihre Arme um seinen Hals.

„Danke", keuchte sie. Dann trat sie einen Schritt zurück, als wäre sie überrascht von ihren Handlungen, und verschränkte ihre Arme schützend vor ihren Brüsten. „Entschuldige, ich werfe meine Arme normalerweise nicht um Männer, aber ich kann dir nicht genug danken. Und jetzt muss ich mich umziehen. Warte trotzdem. Bitte." Sie drehte sich um, öffnete die Glastür und ging hinein.

Er blieb im Regen stehen und dachte an diese verdammten Flamingos – neben anderen Dingen.

Sie kam wenige Augenblicke in wärmendem Oberteil und Hose zurück. „Tut mir leid. Ich bezweifle, dass ich diesen Schlafanzug jemals wieder in meinem Leben tragen werde." Sie lachte ein liebenswürdiges, verlegenes Lachen.

Er grinste. „Das ist zu schade."

Sie lachte erneut. „Vielleicht aus deiner Perspektive. Aber glaube mir, bei mir wird er keine guten Erinnerungen wecken. Willst du zum Aufwärmen auf einen Kaffee reinkommen? Ich kann dir ein Handtuch geben."

„Nein, schon in Ordnung. Mein Boot liegt dort unten am Anleger." Er deutete mit einer Hand in die Richtung, wo sein Charterboot an dem privaten Anleger vertäut war. „Ich wohne im Haus, während Gage und Shar in ihren Flitterwochen sind. Es ist dort den Strand entlang."

Sie lächelte. „Und ich wohne ein paar Tage hier bei Shar. Ich…" Sie schaute einen Moment nachdenklich.

„Kümmere mich für sie um das Haus."

„Ich schätze, ich mache das irgendwie auch." Gage hatte ihm den Schlüssel zu dem Haus gegeben, das ihnen gehörte. Das Haus, in dem es noch mehr Fotos von ihm als Kind mit seiner Mutter und Milton Lancaster gab. Gage hatte gesagt, dass er gern dort wohnen und die Fotos und alles andere, was er fand, durchsehen konnte. Wie sich herausgestellt hatte, suchten sie beide nach Antworten. Gage hatte nur die Priorität zu heiraten, den Vorrang davor gegeben, mehr über ihre komplizierte Vergangenheit herauszufinden.

So sehr BJ das Angebot nicht hatte annehmen wollen, hatte er sich gestern genötigt, hinüber zu gehen und die Fotos durchzusehen. Und dann hatte er die Nacht dort verbracht.

Er war sich nicht sicher, wie lang er bleiben würde.

Als er in ihre bezaubernden, grünen Augen blickte, war er versucht, die Tasse Kaffee anzunehmen. „Pass auf dich auf." Er drehte sich um und ging weg. Momentan ging ihm viel durch den Kopf. Das Beste, was er tun konnte, war, sich nicht in diesen grünen

Augen zu verlieren.

Olivia beobachtete BJ wie er davonging und sie ignorierte die Anziehungskraft. Das Letzte, was sie jetzt brauchte, war *das*.

Sie war nur erleichtert, dass er ein normaler Mann war, der dem Zeitschriftenregal offensichtlich keine Aufmerksamkeit widmete. Diese Tatsache allein machte ihn für sie attraktiv. Und die Tatsache, dass er sie aus ihrer lächerlichen Situation gerettet und sich nicht über ihre Angst lustig gemacht hatte, bedeutete, dass er einfach ein netter Kerl war.

Sie seufzte schwer, ging in die Küche und machte sich selbst eine Tasse Kaffee.

Mit Kaffee in der Hand ging sie zurück ins Schlafzimmer und saß im Schneidersitz unter der warmen Decke, während sie den Kaffee trank.

Wider ihr besseres Wissen entschied sie, ihre Mailbox zu überprüfen.

Dort waren vier Sprachnachrichten von Brad – er

flehte sie an, ihn anzurufen, da er sie sehen musste.

Der Mann war völlig von der Rolle. Offensichtlich.
Sie platzierte ihren Kaffee zusammen mit dem Telefon, das sie bereits vor langer Zeit auf stumm geschaltet hatte, auf den Nachttisch. Und dann kuschelte sie sich unter die Decke und schloss ihre Augen.

Sie würde sich morgen darum kümmern. Jetzt wollte sie die Dinge wie ein Strauß angehen, die Schwierigkeiten ignorieren und versuchen, etwas zu schlafen.

Dann war sie vielleicht gefestigt genug, um damit umzugehen.

Das einzige Problem war, dass sie BJ McCall mit diesen türkisfarbenen Augen anlächelte, wenn sie ihre Augen schloss, was sie an tropische Tage am Strand und Küsse im Mondschein denken ließ…

KAPITEL DRIE

Am Tag nach dem Fiasko auf dem Dach war Olivia etwas ausgeruhter und fühlte sich besser. Sie parkte Shars Jeep auf dem hinteren Parkplatz, da sie entschieden hatte, es könnte besser sein, ihr Auto stehen zu lassen. Nur für den Fall, dass zufällig ein Reporter in der Nähe war und ihr Nummernschild hatte. Sie sagte sich, dass sie paranoid war, doch ließ ihr Auto trotzdem in der Garage. Sie nutzte den Hintereingang, um das Windswept Bay Resort zu betreten. Das wunderschöne, kleine Resort hatte schon vor ihrer Geburt ihren Eltern gehört und jetzt verwalteten es ihre drei Schwestern. Als sie sich zusammengetan hatten, um das Resort zu übernehmen, als ihre Eltern in Rente gingen, hatte sich Olivia entschieden, nicht mit ihren Schwestern zusammen einzusteigen. Nicht, dass sie nicht gewollt hätte, dass das Erbe ihrer Eltern weitergeführt wurde, sondern weil sich ihr Leben in Hollywood abspielte. Sie baute sich ihre Karriere auf und hatte nicht vor gehabt, jemals wieder auf dieser malerischen Insel zu wohnen. Sie liebte ihr Leben. Das tat sie.

Das gerade war nur ein Rückschlag.

Sie zog die breite Krempe ihres Hutes in die Stirn und ging durch den eleganten Gartenbereich, den ihre talentierte Schwester, Jillian, gestaltet hatte. Als sie die untere Hälfte einer Frau aus einem Busch ragen sah, blieb sie stehen.

„Sag mir bitte nicht, du bist in eine Erdhörnchenhöhle gefallen."

„Wie bitte?", keuchte Jillian und drehte sich im Beet um, um zu ihr herauf zu schauen. „Olivia!" Sie lachte, krabbelte aus dem Dreck und klopfte sich ihre Knie ab, ehe sie ihre Arme um Olivia schloss. „Was machst du hier? Wir haben uns solche Sorgen um dich gemacht."

Olivia lachte und umarmte ihre gleichaussehende Schwester ebenfalls. „Ich war unterwegs. Ich habe mich ein wenig zurückgezogen und bin hierher gefahren. Ich musste für ein paar Tage aus der Stadt und bin gerade erst angekommen."

Jillian lehnte sich zurück und musterte sie eingehend. Du siehst abgekämpft aus."

„Na sowas, danke. Ich bin vorletzte Nacht bei Shars Haus angekommen und habe den Großteil des gestrigen Tages damit verbracht, meinen Schlaf nachzuholen."

„Und du hast uns nicht Bescheid gesagt?"

Olivia schüttelte den Kopf. „Ich war zu müde." Sie beschloss, ihr Dachabenteuer auszusparen, zumindest vorerst. „Und ich brauchte Zeit, um meine Gedanken zu sortieren."

„Nun denn, komm schon. Wir müssen dich außer Sicht bringen." Jillian zog ihren Arm in ihren eigenen und sie gingen in Richtung des hinteren Gartens. Der Weg führte zum Hintereingang der Büroräume.

Ihre Schwestern hatten letzte Woche ihr Foto auf den Covern der Klatschmagazine gesehen und sie angerufen, daher wussten sie, dass sie in Schwierigkeiten geraten war. Doch sie hatte ihnen nicht wirklich viel erklärt. Sie war in ihrem Ich-regel-das-Modus gewesen. Und na ja, das hatte nicht so geklappt. Das Bild von dem Kuss und noch mehr uneindeutige Fotos, von denen die Boulevardmagazine behaupteten, dass sie, die „mysteriöse Frau", es war, waren aufgetaucht. Diese Fotos zeigten nicht sie, doch es bestand keine Möglichkeit, irgendwen von der Wahrheit zu überzeugen. Hier war sie also. Zuhause mit zwischen den Beinen eingeklemmtem Schwanz.

„Danke, Schwesterchen."

„Jederzeit. Cali und ich und all unsere Brüder, zusammen mit Mom und Dad, haben uns wirklich Sorgen um dich gemacht. Aber wir haben dir deinen Freiraum gelassen. Immerhin wussten wir nicht, ob du und Brad hier auftauchen würdet, um uns zu sagen, dass ihr heiraten werdet – wie es die Zeitschriften behaupten. Oder vielleicht erzählst du uns, dass ihr beiden Turteltäubchen schon geheiratet habt."

Olivia blieb abrupt stehen. „Das hast du doch nicht etwa geglaubt? Sag mir, dass du das nicht ernsthaft geglaubt hast."

Jillian lächelte süß; sie war die bezauberndste aller Schwestern. „Nein, natürlich nicht. Ich ziehe dich nur ein wenig auf. Entspann dich. Aber du musst zugeben, dass das ein Mordskuss war, den ihr beide da auf den Fotos ausgetauscht habt. Ich meine, Herr im Himmel, es ist ein Wunder, dass du nicht in Flammen aufgegangen bist."

Olivia konnte schließlich nicht anders als zu lachen. „Nun ja, ein Foto erzählt nicht immer die Wahrheit." *Junge, war das die Wahrheit.*

Sie zog die Tür auf und Jillian ging die Treppen nach oben voran. „Cali wird so begeistert sein. Wir freuen uns so, dass du hier bist. Es ist zu lange her, Olivia."

„Ich weiß."

Ein paar Minuten später sprang Cali vom Tisch auf und rannte wie ein Kind nach einer Kugel Eis zu Olivia. „Olivia!" Sie zog sie in eine Umarmung.

Als ältere Schwester war Cali für die Drillinge immer dagewesen. Jetzt begann sie sofort damit, Olivia ins Kreuzverhör zu nehmen, wie es Jillian bereits angefangen hatte.

„Warum hast du nicht angerufen? Warum hast du uns nicht gesagt, wo du bist? Komm, setz dich und erzähl uns alles." Während sie Olivia anwies, schloss Jillian die Tür, damit sie ungestört waren. „Warum hat Brad Pearson dich geküsst?", fragte Cali schließlich, als sie sich alle in der Sitzecke niedergelassen hatten.

Olivia zog die Augenbrauen zusammen. „Das ist eine gute Frage. Ich habe keine Ahnung."

„Seid ihr beiden miteinander ausgegangen?", fragte Cali.

„Nein. Er ist mein Klient. Ich habe diesen Mann aus mehr heiklen Situationen mit den Medien retten müssen als ich ohne meinen Laptop überhaupt zählen kann. Der Mann schläft mit unzähligen Frauen. Verheiratet oder nicht, wie in den Medien und Boulevardblättern ordentlich veröffentlicht wurde."

Jillian rieb sich die Schläfe. „Also warum? Was hat dazu geführt?"

Sie war erneut ratlos. „Ich weiß es wirklich nicht. Ich bin total professionell, wenn ich mit ihm zusammen bin. Ich fühle mich nicht einmal zu ihm hingezogen."

„Überhaupt nicht?", fragte Jillian ungläubig.

Cali hielt eine Hand nach oben, wobei sie ihre Finger zusammenkniff. „Nicht einmal ein kleines Bisschen?"

„Nein, er ist widerlich. Genauso wie auch dieser Kuss. Ich meine, ja, er weiß, wie man küsst, aber Mädels, er hat mich einfach aus dem Nichts gepackt und mir dieses Ding draufgedrückt wie eine Pancake-Mischung in eine kalte Bratpfanne."

Ihre beiden Schwestern brachen in Gelächter aus.

„Oh, Olivia, du hast so deine Art mit Worten."

„Das ist so wahr." Cali kicherte. „Vielleicht ist es dein Humor, der ihn angezogen hat."

„Wenn ich mit einem Klienten zu tun habe, bin ich immer seriös. Die Boulevardblätter fressen dich bei lebendigem Leib, wenn du es nicht bist. Und die Paparazzi glauben oder machen glauben, wie ihr sehen könnt, was sie wollen."

„Hast du versucht, mit ihnen zu reden, nachdem er dich geküsst hat?"

„Ich hatte keine Zeit. Brad begann glücklich zu lachen und zog mich in das wartende Auto. Sobald ich drin war, wollte ich nur von den Kameras weg. Ich versuche wirklich sehr, den Kameras immer fern zu bleiben. Für meine Klienten bin ich eine Stimme der Vernunft. Ich helfe ihnen, Aussagen vorteilhafter zu gestalten oder aus Situationen herauszukommen. Ich bin nicht dafür da, um im Rampenlicht zu stehen. Noch will ich darin sein. Und jetzt das."

„Aber du kannst gut mit Worten umgehen. Du kannst die Wahrheit sagen. Sag ihnen, dass es nichts war." Jillians Worte und ihr Gesichtsausdruck waren aufrichtig.

„Sie wollen eine Story. Und ich habe nicht auf Twitter oder so geguckt, aber ich bin mir sicher, dass sie mittlerweile wissen, wer ich bin. Wenn er jetzt also nicht schon dort ist, wird morgen nicht nur mein Gesicht, sondern mein Name überall sein."

„Man, das ist einfach total mies", fauchte Cali. „Aber das ist egal. Wir kriegen das hin."

Das war genau der Punkt. Olivia war sich nicht sicher, dass sie das konnten.

„Ich muss zu Levi." Ihr großer Bruder war der Polizeichef von Windswept Bay und er musste wissen, dass es hier vermutlich heute oder morgen Ärger geben würde. Es sei denn, in Hollywood würde etwas Großes passieren, das den Fokus von ihr ablenkte. Ansonsten würde die Stadt voll mit sich in Hecken versteckenden und Kamera schleppenden Fotografen sein, die darauf aus waren, um jeden Preis einen großen Treffer zu landen.

Sie war sich plötzlich nicht sicher, ob es das Richtige gewesen war, nach Hause zu kommen.

„Komm schon." Cali stand auf. „Lass uns zu Levi gehen."

Jillian stand ebenfalls auf. „Lasst uns das tun. Wir müssen ihn warnen, bevor es wild wird. Du weißt, wie er es hasst, nicht Bescheid zu wissen."

Olivias Herz schwoll an, als sie zu ihren Schwestern aufblickte. Es fühlte sich gut an, zuhause zu sein. Ihre Unterstützung zu spüren. Sie erhob sich, legte je einen Arm um beide und umarmte sie. „Es ist gut, zuhause zu sein. Ich war zu lange weg."

„Ja, warst du", sagte Cali sanft. „Aber du hast ein Leben abseits von hier und du weißt, dass du jederzeit nach Hause kommen kannst, so lange oder kurz du magst."

Olivia lächelte. „So wahr. Aber auf der anderen Seite scheint es, als wäre ich vor dem Problem davongelaufen. Und das fühlt sich für mich nicht richtig an."

Jillian blinzelte sie an. „Es ist nichts Falsches daran, einen Schritt zurück zu treten, um die Situation zu beurteilen. Außerdem hat der schöne Pearson das ins Rollen gebracht. Erzähle ihnen einfach, dass der Mann dich liebt, du seine Gefühle aber nicht erwiderst. Das würde wirklich Bewegung in die Sache bringen."

Olivia lachte. „Womöglich entscheide ich mich, dass zu tun. Aber lasst uns erstmal mit Polizeichef Levi reden."

Der Regen hatte einem blauen Himmel Platz gemacht, als BJ die Polizeistation von Windswept Bay betrat. Levi Sinclair war der Polizeichef und BJ hatte ihn kennengelernt, nachdem ein Verbrecher versucht hatte, sein Boot zu stehlen. Gage war gekommen, um BJ zu offenbaren, dass sie Brüder waren, hatte dadurch die

Entführung des Bootes unterbrochen und war bei dem Versuch, BJ zu helfen, angeschossen worden. Erst nachdem Levi gekommen und sie alle im Krankenhaus gewesen waren, während Gage operiert worden war, war ihm klar geworden, dass Gage auf dem Weg zu seiner Hochzeit bei seinem Boot angehalten hatte. Shar und die ganze Familie waren alle im Krankenhaus gewesen und es schien für BJ noch immer surreal, mit Levi neben sich dort hineinzugehen. Er hatte erst Tage später, als Gage entlassen worden war, erfahren, dass er Gages Bruder war. Die Vorstellung, die BJs seit seiner Geburt von seinem Leben hatte, hatte sich an diesem Tag, an dem Gage ihm gesagt hatte, dass sie Brüder waren, verändert. Er hatte ihm auch erzählt, dass seine Mutter BJ als Baby genommen und davongelaufen war, um sich vor Gages Vater zu verstecken. Seinem Vater.

Bei Levi hatte er das Gefühl, dass er sich mit ihm anfreunden könnte und jetzt gerade brauchte er einen Freund. Er schaute von seinem Computer auf, als BJ hereinkam.

„BJ, wurde auch Zeit, dass du vorbeikommst. Wir fanden es schade, dass du nicht bei der Hochzeit warst."

Zum Zeitpunkt der Hochzeit war er nicht bereit gewesen, all die lebensverändernden Informationen zu akzeptieren, daher war er nicht hingegangen. „Ich hatte eine Menge zu verdauen. Aber Gage und Shar sind vorbeikommen, bevor sie zum Flughafen fuhren, und wir konnten reden. Ich freue mich für sie, aber ich war noch nicht bereit, meine neue Vergangenheit mit meinem Leben, wie ich es bisher kannte, anzunehmen. Tatsächlich tue ich mich noch immer schwer damit."

Levi runzelte die Stirn und in seinem Blick lag Mitgefühl für BJs Situation. „Das kann ich verstehen. Ich mag meine Vergangenheit. Meine Familie, meine Geschichte. Ich denke nicht, dass ich begeistert wäre, wenn jemand durch diese Tür käme und mir erzählte, dass es nicht so war wie es schien."

„Es ist eine Menge zu verarbeiten. Aber ich versuche, offen zu sein. Gage hat darauf bestanden, mir einen Schlüssel zu dem Haus zu geben, das uns vermutlich nun gemeinsam gehört. Er wollte, dass ich dort Zeit verbringe und mir die Dinge ansehe, die sie gefunden haben und die mir womöglich helfen, mehr über meine frühen Jahre zu erfahren. Meine

Vergangenheit."

„Und, wie geht es damit voran?"

BJ zuckte mit den Schultern. „Ich habe die letzten Nächte dort verbracht. Ich schaue mir all diese Fotos von mir und diesem Mann an, an den ich mich nicht erinnere. Und dann die Bilder von mir und meiner Mutter und ihm zusammen… sie sah so jung und glücklich aus. Ich verstehe einfach nicht, warum sie gegangen ist, wenn sie so glücklich war. Aber egal, ich bin vorbeigekommen, um zu sehen, ob du Zeit zum Mittagessen hast. Ich bin neu in der Stadt und habe genug davon, die ganze Zeit über all das nachzudenken. Ich finde, ich schulde dir ein Essen, dafür dass du aufgetaucht bist und den Tag gerettet hast."

Levi stand auf. „Ein kostenloses Essen schlage ich nicht aus." Er ging um seinen Tisch herum. „Ich sage kurz der Einsatzkoordinatorin Bescheid, wo sie mich finden kann, und dann können wir los."

Sie verließen sein Büro und gingen durch eine andere Tür. BJ hörte, wie er der Frau hinter dem Schreibtisch sagte, was er vorhatte.

Die Eingangstür der Polizeiwache öffnete sich und

zu BJs Überraschung kamen Olivia, Jillian – ihre Zwillingsschwester – und Cali, die ältere Schwester, herein. Als Olivia ihn sah, blieb sie abrupt stehen, doch Cali kam direkt zu ihm und umarmte ihn.

„BJ, schön dich zu sehen. Wir haben dich bei der Hochzeit vermisst. Bitte sag mir, dass du keinen weiteren Schreckensmorgen auf deinem Boot hattest?"

Er lachte. „Hey Cali, schön dich zu sehen. Tut mir leid wegen der Hochzeit und nein, ich hatte keine Probleme auf meinem Boot. Ich hatte nur viel im Kopf." Er schaute kurz zu Olivia und setzte zum Sprechen an, doch Jillian kam ihm zuvor.

„Ich kann verstehen, wie überwältigt du gewesen sein musst. Vermutlich bist du es noch immer. Das hier jedenfalls ist unsere Schwester Olivia. Sie hat uns mit einem Besuch überrascht." Sie hatte Olivias Arm gepackt und sie neben sich gezogen.

„Wir haben uns tatsächlich schon kennengelernt." Es war offensichtlich, dass sie ihnen nicht erzählt hatte, dass sie sich bereits kennengelernt hatten. Ansonsten hätte Jillian sie nicht vorgestellt. Daher brauchte es keinen Wissenschaftler, um zu realisieren, dass sie ihnen wahrscheinlich auch nicht erzählt hatte, dass sie auf ihrem Dach festgesteckt hatte.

„Ja, wir haben uns heute Morgen am Strand getroffen. BJ hat letzte Nacht in Gages Haus übernachtet."

Cali blickte von ihm zu Olivia. „Das hast du gar nicht erwähnt, Olivia."

„Ich hatte keine Zeit. Wir hatten viel zu besprechen."

„Stimmt, das hatten wir", stimmte Jillian zu.

Olivia lächelte ihn an. „Schön, dich wiederzusehen."

„Du hast also in dem Haus übernachtet", sagte Cali. „Hast du dir ein paar der Fotos angesehen, von denen Shar uns erzählt hat?"

„Habe ich."

Levi kam in den Raum. „Hey, Olivia. Was machst du denn hier?"

„Ich bin gekommen, um meinen großen Bruder zu umarmen."

„Nun, wenn es das ist, was dich nach Hause gebracht hat, bin ich froh, dass du hier bist."

BJ beobachtete, wie Levi seine Schwester in eine herzliche Umarmung zog. Er beobachtete auch, wie ihre Miene sich erhellte, als sie ihn umarmte.

„Es ist schön, dich zuhause zu haben", sagte Levi einen Augenblick später.

BJ fühlte sich plötzlich fehl am Platz. „Hey, Levi, du wirst sicherlich eine Einladung zum Mittagessen von diesen reizenden Ladys erhalten, also warum treffen wir uns nicht morgen zum Mittag?"

„Oh, wir wollten euch beide nicht davon abhalten, zusammen zu Mittag zu essen", sagte Olivia.

„Aber wir brauchen einen kurzen Moment mit Levi", fügte Jillian hinzu.

„Wie wäre es, wenn wir alle gemeinsam gehen?", bot Levi an.

BJ schüttelte den Kopf. „Nein, vielleicht ein anderes Mal. Heute geht ihr. So wie ich es verstehe, hast du Olivia eine Weile nicht gesehen. Wir machen das später. Ladys, einen schönen Tag. Es war schön, euch zu sehen."

„Komm bitte vorbei und besuche uns", sagte Jillian. „Du bist jetzt Teil unserer Familie und wir würden dich gern besser kennenlernen." Sie lächelte aufrichtig.

„Danke. Das werde ich."

Olivia musterte ihn. „Du bist wirklich herzlich eingeladen, mitzukommen. Mir gefällt es gar nicht, dir Levi auszuspannen."

Er lachte. „Es ist kein Problem. Ich rede später mit dir, Levi." Kurze Zeit später ging er die Straße entlang zurück und dachte an Olivia. Etwas an ihr traf ihn mitten ins Herz. Ihre Schwestern sahen ihr so ähnlich und dennoch war es nicht zu leugnen, dass wenn ihre Augen seine trafen, ihre Wirkung auf ihn eine andere war. Und ihm war sofort aufgefallen, dass es einen Unterschied zwischen ihr und ihrer identischen Schwester gab. Etwas in ihrer Körperhaltung war anders, wie sie den Kopf beim Sprechen oder selbst beim Zuhören drehte. Er könnte Olivia nur mit einem flüchtigen Blick von Jillian unterscheiden. Trotz all der Dinge, die momentan in seinem Leben vor sich gingen, wollte er mehr über Olivia erfahren.

Er hielt bei einem Mini-Markt, um Kaugummis und eine Flasche Wasser zu holen und stand hinter ein paar jungen Mädchen in der Schlange. Sie tratschten weiter, während sie darauf warteten, dass der Typ vor ihnen abkassiert wurde.

„Oh, seht mal", seufzte eine und griff nach einem Magazin im Regal. „Er ist soo sexy. Und mir gefiel sein letzter Film."

BJ hätte fast die Augen verdreht, so wie dieses junge Mädchen für irgendeinen Filmstar schwärmte.

Die andere seufzte. „Er ist ein absoluter Traumtyp. Ich würde ihn jeder Zeit küssen. Kannst du dir vorstellen, dass sie noch immer nicht wissen, wer die mysteriöse Freundin ist?"

„Ich weiß. Ich habe online gelesen, dass sie glauben, es könnte seine PR-Managerin sein."

Gelangweilt, aber neugierig darüber, wer die mysteriöse Frau war, warf BJ einen flüchtigen Blick auf die Zeitschrift, die sie beäugten. Er sah, wie der Actionfilmstar irgendeine neue, blonde Frau küsste. Das Liebesleben dieses Typen interessierte ihn ganz und gar nicht. Er wollte gerade wegsehen, als etwas an der blonden Frau, die von dem Typen auf dem Cover geradezu im Ganzen verschlugen wurde, seine volle Aufmerksamkeit erregte. Er lehnte sich etwas vor. *Das konnte nicht sein.* Sein Herz klopfte plötzlich doppelt so schnell, als er seine Hand ausstreckte und sich selbst ein Exemplar nahm. Die Mädchen gingen nach draußen, während er das Boulevardmagazin auf den Tresen klatschte. Er musste den dringenden Wunsch unterdrücken, den Fluss der Warteschlange aufzuhalten, um den Schnappschuss eingehend zu mustern. Er zog einige Dollarscheine aus seiner Tasche, klemmte das Magazin unter den Arm und ging aus dem Laden. Sobald er draußen auf dem Gehweg war, lief er zum Hafen und zu seinem Boot.

Während er lief, starrte er auf das Foto. Und dort an der Seite des Covers war eindeutig ein Foto von Olivia. Olivia und der „Adonis" Brad Pearson.

Er blieb stehen und konnte nicht anders als zu der Beitragsseite zu blättern und die Neuigkeiten über die mysteriöse Freundin zu lesen.

Es passte nicht. Andererseits kannte er Olivia nicht. Nicht wirklich. Alles, was er wusste, war, dass sie Höhenangst hatte und unangekündigt in der Stadt aufgetaucht war.

Sie versteckte sich. Die Hitze der öffentlichen

Aufmerksamkeit um die ans Licht gekommene Beziehung zwischen ihr und ihrem Freund müssen sie dazu veranlasst haben, ein paar Tage unterzutauchen.

BJ wandte seinen Blick von dem Artikel ab, faltete dann die Zeitschrift und klemmte sie unter seinen Arm, während er die letzten Blocks zum Anleger mit großen Schritten entlangging.

Als er die Leinen löste und für den Tag nach draußen losfuhr, war er noch immer schockiert.

Was dachte sie sich dabei? Man musste völlig hinterm Mond leben, um nicht ein paar der Geschichte über das Liebesleben dieses Typen gehört zu haben. Er war ständig in den Nachrichten.

Und Olivia Sinclair war seine neueste Eroberung.

KAPITEL VIER

„Damit ich es richtig verstehe: Du glaubst, diese verrückten Paparazzi kommen wieder in meine Stadt? Um dich zu jagen?" Levis Gesichtsausdruck war ernst und ungläubig. „Olivia, ich dachte, du hättest ein wenig mehr Verstand?"

„Habe ich auch. Ich habe ihn nicht geküsst. Er hat mich überrumpelt."

„Wie das?" Levis Blick verengte sich.

Olivias Magen zog sich zusammen. „Ich bin nicht naiv. Es gab keine Warnzeichen, dass er sich überhaupt zu mir hingezogen fühlte. Es kam aus dem Nichts, als er mich vor den Paparazzi geschnappt und geküsst hat. Es schien fast so als wäre es geplant gewesen."

„Dieser Widerling." Er umarmte sie. „Ich hoffe, er kommt in die Stadt."

Olivia liebte ihre Brüder. Sie unterstützten sie alle und würden – egal weswegen – zu ihr stehen. „Danke." Sie umarmte ihn ebenfalls.

„Dann machen wir uns mal besser bereit, denn die Pressehunde werden kommen. Du hast absolut Recht. Man, ich hasse diese Typen."

Cali lachte. „Ich denke, Grant hat Levi in Sachen Paparazzi versaut. Als sie in Helikoptern und Vans in die Stadt kamen, hatten Levi und seine Männer das Chaos unter Kontrolle bringen müssen."

„Wegen der Gefahr, die sie für alle anderen darstellten. Und Menschen sollten ein Recht auf ihre Privatsphäre haben, selbst wenn sie berühmt sind."

„Absolut", sagte Olivia. „Aber so sehr die Stars sie hassen, brauchen sie sie auch. Brad Pearson würde der Saft ausgehen und welk werden, wenn die Paparazzi ihm nicht folgen und ihn in den Nachrichten halten würden. Seit Brangelina ist sein Liebesleben die neue größte

Sache."

„Branja-wer?" Levi schaute finster drein.

Die drei Schwestern lachten.

Olivia legte eine Hand auf seinen Arm. „Brad Pitt und Angelina Jolie. Das Promi-Superpaar. Die Paparazzi haben ihre Namen mit einander verwoben, um ihre Beziehung zu repräsentieren. Und jetzt drehen dieselben Boulevardmagazine durch, weil sie sich trennen und es kein Brangelina mehr gibt."

„Ich versteh das immer noch nicht", murmelte Levi mit zusammengezogenen Augenbrauen.

„Natürlich verstehst du das nicht und glücklicherweise ist das so." Cali lachte. „Sie haben die ersten paar Buchstaben von seinem Namen genommen, dann ein *n* hinzugefügt und dann die letzten Buchstaben ihres Namens angefügt. Brangelina."

„Das ist Quatsch." Levi schaute unbeeindruckt.

„Total", stimmte Jillian zu.

„So sehr ich das ebenfalls hassen mag, sind es doch solche Dinge, auf denen mein Job beruht. PR-Berater brauchen Kontroversen, um ihre Jobs am Laufen zu halten. Mir verschafft es Arbeit, den Promis aus der

Klemme zu helfen."

„Und das gefällt dir?", fragte Levi skeptisch.

Sie zuckte mit einer Schulter. „Manchmal. Aber es nimmt so nach und nach ab." Sie wollte nicht hinzufügen, dass sie langsam ernüchtert wurde. Das war nicht ihre erste Karrierewahl gewesen, aber sie war sehr gut in dem, was sie tat. Es sprach für ihre Fähigkeit, dass sie von der besten Firma der Branche beauftragt worden war. Diese Tatsache würde ihr in dieser Situation allerdings überhaupt nicht helfen.

Als sie später ihre Familie verließ und zurück nach Hause ging, sehnte sie sich nach dem Cabrio, das sie einst besaß. Ihre Gedanken schweiften ab zu BJ, während sie in Richtung des Hauses ihrer Schwester ging. *Würde er in der Nähe sein? Hatte er mittlerweile ein Klatschmagazin gesehen?*

Und falls er eines gesehen hatte, was wäre seine Reaktion gewesen?

Ihr Job verlangte von ihr, alle Aspekte einer Situation durchzugehen, sie zu analysieren und die beste Lösung zu finden.

Sie hoffte, er hatte die Fotos nicht gesehen.

Wünschte, sie würden nicht existieren und dass er nur ein Kerl war, den sie unter normalen Umständen kennenlernte, wenn über ihrem Kopf kein Skandal hing.

Sie wusste nur zu gut, was sie dachte – der Mann hatte im Büro ihres Bruders stehend umwerfend ausgesehen. Und er war höflich gewesen und fast schon entschlossen, die Zeit mit ihrer Familie nicht zu stören. Oder er hatte einfach nur von dieser merkwürdigen Frau Abstand haben wollen, die nicht vernünftig genug war, um vom Dach zu klettern und sich vor dem Regen in Sicherheit zu bringen.

Das könnte der Fall sein, trotzdem verspürte sie Vorfreude darüber, ihn wiederzusehen, während sie in Shars Auffahrt einbog und parkte. Sie stieg aus dem Jeep und eine kühle Brise wehte über sie hinweg.

Sie atmete tief ein und sah zu den Zuckerwattewolken hinauf. Eine Möwe flog vorüber, als sie den Himmel betrachtete und die salzige Luft einatmete. Sie liebte die kalifornischen Strände, doch sie war in LA so beschäftigt gewesen, dass sie sich nicht daran erinnern konnte, wann sie das letzte Mal runter ans Wasser gefahren war.

Unterzutauchen hatte seine Vorzüge.

Sie schnappte sich ihre Tasche, betrat das Haus und kickte ihre Sandalen von den Füßen, während sie in die Küche ging um sich ein Glas Eiswasser zu holen. Sie nahm es mit auf die Terrasse – es war Zeit, sich zu entspannen.

Während sie einen Schluck Wasser trank, war niemand am Strand. Anstatt sich in den Liegestuhl zu setzen, stellte sie das Wasser auf den Tisch und ging barfuß die Treppen hinunter und den Weg zum Strand entlang. Das Wasser, die Brandung und das plötzliche Verlangen, ihre Zehen dort hinein zu tauchen, trieben sie. Sie trug ein Sommerkleid, daher musste sie nicht damit aufhalten, ihre Hosen hochzukrempeln. Sofort trat sie in die Brandung. Sie liebte es, Muschel zu sammeln, und suchte den Strand nach ganz besonderen Exemplaren ab. Während sie ziellos den Strand entlangspazierte, entspannten sich ihre Gedanken und anstatt über ihr Dilemma zu grübeln, dachte sie an BJ.

Sie schirmte ihre Augen ab und betrachtete die Häuser von der Wasserkante aus. Durch ihre leicht versetzte Lage zum Strand und mit Palmen und Gärten, die sie vor neugierigen Blicken schützten, waren sie ziemlich abgeschieden. Das würde helfen, falls sie tatsächlich von einem hartnäckigen Fotografen gefunden wurde, der versuchen wollte, in ihre Privatsphäre einzudringen. Mit etwas Glück würden sie begreifen, dass sie keine wirkliche Schlagzeile war und sich zurückziehen, bevor etwas in der Art passierte. Falls nicht, würden sie allerdings ein wenig Schwierigkeiten bekommen, herauszufinden, in welchem Haus sie wohnte.

Und das war eine sehr gute Sache.

BJ starrte auf das Telefon auf dem Tresen neben den Bildern, die er durchsah. Er musste den Anwalt zurückrufen. Er musste mehr über seine Vergangenheit herausfinden. Musste sich überlegen, herauszufiltern, wie er von hier aus weitermachen wollte.

Aber genau wie Gages Enthüllungen letzte Woche für Wirbel gesorgt hatten, als er erfahren hatte, dass seine Mutter seine Vergangenheit vor ihm verschwiegen hatte, wusste er, dass das Telefonat mit dem Anwalt noch mehr offenbaren und sein gewohntes Leben weiter verändern würde.

Es war unvermeidlich.

Aber konnte es einfach nicht. Noch nicht.

Er ging zu den riesigen Fenstern, von denen aus man das Meer überblickte, und starrte auf den Strand hinaus. Er zog sein Shirt aus, ließ das Telefon auf dem Tresen liegen und ging nach draußen. Er war auf halbem Wege zum Wasser, als er Olivia sah.

Sie saß auf einem großen Stein, das Kinn ruhte auf ihren Knien. Ihre Arme hatte sie um ihre Beine und um das Sommerkleid geschlungen, während sie auf das Wasser starrte. Die Brise verwehte die Strähnen ihres Haares, während sie in Gedanken versunken schien. Bei den Geräuschen der Brandung konnte sie definitiv nicht wissen, dass er da war.

Da er sie nicht erschrecken wollte, ging er näher zum Wasser, sodass sie ihn im Augenwinkel sehen konnte, und dann lief er auf sie zu. Er hatte gehofft, sie erneut zu sehen.

Er winkte. „So treffen wir uns also wieder", rief er. Sein Adrenalinlevel stieg an, als sie ihn anlächelte.

„Hi. Ich habe mich gefragt, ob ich dich wiedersehe. Und nur, um dich zu beruhigen, ich komme allein von diesem Felscn runter."

Süß. „Freut mich, das zu hören. Hattest du denn eine gute Zeit beim Mittagessen mit deiner Familie?" Sein Herzschlag beschleunigte sich weiter, als sie einen flüchtigen Blick auf seine nackte Brust warf und ihren Blick dann zurück zum Meer wandte. Er rief sich ins Gedächtnis, dass sie einen Mann in ihrem Leben hatte.

„Hatte ich. Sie haben mir gefehlt." Sie sah zurück zu ihm und ihr Blick fixierte sein Gesicht – sehr ähnlich wie er ihr Gesicht fixiert hatte, als sie in diesem nassen Schlafanzug auf dem Dach festgesteckt hatte.

Er räusperte sich. „Du warst also wegen der Arbeit weg?" Er war neugierig und es gab keinen Grund, die Tatsache zu verbergen.

„Ja… in LA. Ich arbeite im PR-Bereich."

„Das ist dort draußen ein wachsender Markt, nehme ich mal an."

„Wenn du gut bist, schon."

„Ich bin mir sicher, das bist du."

Ihr Gesichtsausdruck wurde von Sorge überzogen.

„Ich dachte, das wäre ich. Jetzt bin ich mir nicht so sicher. Ich bin in ein wenig in die Klemme geraten und nun hier, um es wieder hinzukriegen."

Klemme? „Also ich will nicht neugierig sein, aber kann nicht anders: Bist du Brad Pearsons PR-Beraterin?"

Ihre Augen verengten sich und sie verzog ihr Gesicht. „Du hast die Fotos gesehen?"

„Auf dem Weg aus der Stadt nach Hause. Du sahst ziemlich vertraut mit ihm aus. Ist es etwas Ernstes?"

„Nein. Es ist nicht-existent."

„Das war nicht-existent? Sah wie ein großartiger Kuss aus." Sein Blick wanderte zu ihren schönen Lippen.

„Ich wurde überrumpelt."

„Wirklich? Du sahst so aus, als wärst du ziemlich bei der Sache."

Sie blickte finster drein. „Wie ich sagte: ich war überrascht und das führte zu dem Foto. Es sah aus, als wäre ich vollkommen in den Plan eingeweiht gewesen."

Warum bedrängte er sie so? „Tut mir leid, das geht mich nichts an."

„Glaube mir, mein Telefon klingelt wie wild. Meine Nachrichten spielen verrückt und mir wurden große Summen Geld für ein Enthüllungsinterview mit einem der Boulevardmagazine geboten, jetzt da sie wissen, wer ich bin. Es ist erdrückend. Auf der einen Seite ist es mein Job, solche Dinge zu regeln, aber wenn es mich selbst betrifft, ist es eine andere Dynamik."

Sie sah gestresst aus. „Willst du etwas spazieren gehen und reden? Ich stecke selbst in einer verrückten Situation. Der Strand ruft nach mir."

Sie musterte ihn und fuhr sich dann mit einer Hand durchs Haar, um die schwer zu bändigenden Strähnen ein wenig zu ordnen. „Ich würde gern etwas spazieren."

Er streckte ihr seine Hand entgegen, um sie von dem Fels hochzuziehen. Als sie ihre Hand in seine legte, setzte sein Herzschlag aus und dann beschleunigte sich sein Puls. Es war wie die Begeisterung, die er empfand, wenn er sein Boot in Richtung des offenen Wassers drehte und auf den Horizont und die Fische, die er finden würde, zufuhr.

Doch Olivia war kein Fisch. Nein, das war sie nicht.

Sie war tiefgründig und geheimnisvoll, genau wie

die Tiefen des Ozeans.

Er zog sie vom Felsen und als sie zum Stehen kam, waren sie sich nahe. So nahe wie sie sich waren, als er ihr geholfen hatte, die Leiter herunterzusteigen.

Erneut überkam ihn das überwältigende Verlangen, sie in den Armen zu halten. Und als sie ihren Kopf neigte, um zu ihm aufzusehen, hätte er sich beinahe heruntergebeugt und sie geküsst.

Er trat zurück. Sein Herz schlug heftig, während er Mühe hatte, sich zu konzentrieren. *Was stimmte nicht mit ihm?* „Also, wenn ihr beide kein Paar seid, nehme ich mal an, er hat die Chance ergriffen, dich für sich zu gewinnen?" *Weshalb war er so offen und legte die Karten auf den Tisch?*

Sie ging los und er ging neben ihr.

„Falls es das sein sollte, war es ein ziemlich schlechter Versuch. Nein, ich habe viel darüber nachgedacht. Er hat mich angerufen und gesagt, dass er meine Hilfe brauchte. Ich bin nur zu dem Hotel gegangen, weil er mich wegen eines Vorfalls am vorigen Abend in der Bar angerufen hatte. Ich habe darüber nachgedacht und bin mir ziemlich sicher, dass alles konstruiert war. Dass die ganze Angelegenheit eine Möglichkeit für ihn war, etwas Aufmerksamkeit zu bekommen. Und ich bin voll darauf reingefallen."

BJ grinste; er konnte nicht anders, als ihm klar wurde, dass Olivia nichts mit dem Schauspieler am Laufen hatte. Damit war sie für den Beziehungsmarkt offen, und das machte ihn glücklich. „Es tut mir leid, dass du benutzt wurdest, aber ich freue mich, dass du nicht seine Freundin bist."

Sie blieb auf dem nassen Sand stehen. Ihre nackten Füße hinterließen Spuren, bevor die Ausläufer der Brandung darüber wuschen und sie verschwinden ließen. BJ hatte seinen Blick an ihr hinunter schweifen lassen, sah jetzt auf und traf erneut diese verführerischen Augen. Zwischen ihren Augen waren zwei Furchen der Entrüstung.

„Ich war *nie* seine Freundin. Er war mein Klient. Und ich hätte mir nie vorgestellt, dass ich mal im Fokus des Fotografenblitzlichts sein würde." Sie sah sich um. „Ich habe Angst, dass sie heute auftauchen und sich die paar Stunden Entspannung, die ich hatte, in Luft auflösen werden. Ich verstecke mich bei Shar wegen der

Wohnsituation. Shar hat diesen Bungalow weder gemietet und besitzt ihn auch nicht. Sie wohnt als House-Sitter hier für die abwesenden Eigentümer des Anwesens. Damit bin ich hier etwas weniger aufspürbar als irgendwo anders. Doch Windswept Bay ist klein. Ich habe Levi vor der fast unausweichlichen Invasion gewarnt, sobald mein Status als ‚mysteriöse Frau' enttarnt ist, gewarnt."

„Das ist wirklich schlimm. Warum erzählst du ihnen nicht, was los ist?"

„Das werde ich, doch momentan wäre es egal gewesen. Wenn ich zu früh ausgesagt hätte, hätten sie den Spekulationen nur noch weitere hinzugefügt, denn, wie du dir vorstellen kannst, machen sie ihr Geld mit Spekulationen, Lügen und manchmal der Wahrheit. Jede Story über Brad ist etwas wert und sie kann auf viele verschiedene Arten verdreht und aufgeblasen werden. Mein Schweigen war meine erstbeste Verteidigung."

Für ihn ergab das keinen Sinn. „Aber wenn du ihn wegen der Sache zur Rede stellen würdest, dann hättest du zumindest deine Version der Geschichte in der Öffentlichkeit."

„Es ist nicht so einfach. Ich versuche, auch meine Reputation zu retten, und daher stammt der Großteil meiner Probleme. Und Brad ruft mich an. In seiner letzten Nachricht besteht er darauf, dass er in mich verliebt ist. Dass er seine Gefühle versteckt hat."

„Na ja, zumindest zeigt der Typ an der Stelle etwas Intelligenz."

„Wie bitte?"

BJ zuckte mit den Schultern. „Ich kenne dich erst seit Kurzem, aber ich weiß bereits, dass du eine... großartige Person bist. Ich kann mir vorstellen, weswegen er sich in dich verliebt hat."

„Nun, Dankeschön."

„Schau nicht so unbehaglich. Ich werde nicht anfangen, dich zu stalken, und wegen mir werden dir auch keine Paparazzi nachstellen – selbst wenn sie ein Foto schießen würden, auf dem ich dich küsse."

Dann schaute sie etwas unglücklich mit Zögern in ihrem Blick und es brachte ihn nur dazu, dass er sie umso mehr vor den Hunden beschützen wollte, vor denen sie sich versteckte. Und ja, er wollte sie küssen.

Sie atmete tief durch und ihr Blick fiel auf seine

Lippen, was ein heftiges Stocken in seiner Brust verursachte. *Sie spürte dieselbe Anziehung, die er empfand.* Bei dem Gedanken schlug sein Herz heftig gegen seine Rippen.

„In deinem Leben ist auch eine Menge los", sagte sie hastig und begann weiterzugehen. Er bewegte sich zunächst nicht, sondern ließ die Anziehungskraft zwischen ihnen auf sich wirken. Ja, in seinem Leben war viel los. Und mit der neuen Schwägerin seines Bruders zu flirten, war vielleicht etwas zu nah an Zuhause. Doch als er zwei große Schritte tat und Olivia einholte, schob er den Gedanken beiseite. Er und Olivia waren erwachsen und sie brauchten, wenn es um Verabredungen ging, von niemandem eine Genehmigung.

„Ja, so ist es", sagte er und versuchte, die Unterhaltung unbeschwert zu halten. Dabei ließ er die dunkleren Aspekte seiner neugefundenen Vergangenheit außen vor.

„Ich bin mir sicher, dass es ein Schock war, zu erfahren, dass du einen Bruder hast. Shar sagte, dass es das für Gage war. Doch er war und ist begeistert, jetzt jemanden in seiner Familie zu haben. Hast du noch andere Familienmitglieder?"

In der kurzen Zeit, die er mit Gage verbracht hatte, bevor er und Shar in ihre Flitterwochen aufgebrochen waren, hatte er bemerkt, wie sehr es Gage freute, ihn als Bruder zu haben. BJ war noch in der Gewöhnungsphase. „Ich muss gestehen, dass mir die Akzeptanz schwerer fällt. Nicht, dass ich Gage für einen schlechten Mann halte, nach dem zu urteilen, was ich bislang von ihm kenne. Es ist nur, dass ich eine Familie hatte, die ich liebte. Mein Dad war ein großartiger Mann. Plötzlich zu realisieren, dass er nicht mein biologischer Vater war, ist beunruhigend. Zu erfahren, dass meine Mutter das vor mir verheimlicht hat, ist sogar noch ärgerlicher. Doch zu erfahren, dass sie mich genommen, davongelaufen und mich vor meinem leiblichen Vater versteckt hat, ist der aufwühlendste und schwierigste Teil davon. Es ist schwer zu begreifen. Warum hat sie das getan? Die Frage geht mir unablässig durch den Kopf." Verwirrt, wie er es seit Tagen war, traf BJ Olivias mitfühlenden Blick. „Es ergibt für mich keinen Sinn. Und ja, ich habe eine Schwester. Ihr Name ist Lilly."

Er fuhr sich mit einer Hand durch die Haare, während all die Fragen nach vorn drängten. *Warum gab er all das Olivia gegenüber preis? Sie hatte selbst genug im Kopf und ja, trotz der Anziehung, war sie für ihn eigentlich eine Fremde.*

Sie legte eine Hand auf seinen Arm und unterbrach ihn. Sie waren dem Ende des Strandes jetzt näher; dort waren Felsen, auf die die Brandung schlug. Salzige, feuchte Luft umgab sie, als sie ihn sanftmütig anlächelte.

„Ich vermute, dass all die Emotionen, die du empfindest, jetzt gerade rational und normal sind. Ich kann nur spekulieren, wie du dich fühlen musst. Ich meine, alles, was du über dein Leben geglaubt hast, wurde auf den Kopf gestellt und wie Puzzleteile in einem Glas durcheinandergeschüttelt."

„Das ist eine perfekte Metapher. Ich habe es bisher noch nicht einmal meiner Schwester gesagt. Für sie wird es genauso überraschend sein."

„Ordne es in deinem eigenen Kopf und erzähle es ihr dann. Ich neige selbst dazu, Sachen für mich zu behalten. Meine Familie frustriert das manchmal, aber als ein Drilling – es war immer toll, aber auch eine Herausforderung, ein eigenes Individuum zu sein. Aus diesem Grund behalte ich kleine Teile von mir für mich.

Aber ich kann dir sagen, dass ich meine Schwestern vermisst habe. Auch meine Brüder und Eltern." Sie wurde nicht rot, aber sie sah betroffen aus. „Und hier·bin ich und erzähle dir das." Sie seufzte leise. „Das ist so gar nicht typisch für mich. Vergiss bitte alles." Sie lachte.

„Wir machen beide gerade eine wirklich harte Zeit durch. Dich von diesem Dach herunterzuholen, war eine lebenslange Bindungserfahrung."

Ein Lachen erstrahlte auf ihrem Gesicht. „Natürlich, das erklärt alles. Du hast mein Leben gerettet und jetzt kennst du all meine Geheimnisse. Ich würde noch immer dort oben sitzen, wenn du nicht aufgetaucht wärst, weil meine Familie keine Ahnung hatte, dass ich hier war, und ich kein Telefon bei mir hatte."

„Das erklärt alles. Und jetzt kenne ich deine Geheimnisse und du meine." So ungewöhnlich sein Leben gewesen war, seit er nach Windswept Bay gekommen war, so absolut richtig fühlte es sich an, hier mit ihr zu stehen.

„Würdest du gern einen kleinen Bootsausflug machen?", fragte er aus einer Laune heraus. Er hatte den überraschten Ausdruck auf ihrem Gesicht, als sie die Frage hörte, nicht erwartet.

KAPITEL FÜNF

Olivia war von seiner Frage noch überraschter als davon, wie viel sie ihm über ihre Probleme offenbart hatte. Doch auf ein Boot zu steigen... das war lange her.

Beim Gedanken daran, aufs Meer hinauszufahren, drehte sich ihr Magen.

„Hast du auch Angst vor Wasser?", fragte er fast augenblicklich und sie wunderte sich, ob ihr Gesichtsausdruck ihn verwirrt hatte.

„Nein, seekrank werde ich nicht. Ich habe nur mit Höhen ein Problem. Tatsächlich liebe ich das Wasser."

„Das ist eine ziemlich gute Sache. Ich könnte die ganze Welt umsegeln und wäre total glücklich damit, nie wieder Land zu betreten."

„Na ja, so sehr liebe ich das Wasser auch wieder nicht, aber ich habe es gewöhnlich genossen, für einen Tagesausflug rauszufahren. Ich war mal ganz gut im Angeln."

„Eine Frau nach meinem Geschmack. Das wird immer besser, denn ich bin Kapitän eines Charterboots." Seine Lippe zuckte verlockend. „Komm schon, fahr eine Runde mit mir. Lass deine Sorgen für eine Weile los. Ich nehme dich früh am Morgen mit raus und bringe dich zurück, wann immer du willst."

Das sollte sie nicht tun. Sie musste sich verkriechen und sich darauf vorbereiten, wenn die Reporter nach Windswept Bay kamen…

Aber dann streckte BJ seine Hand aus. „Komm schon. Auf das perfekte, blaue Wasser hinauszufahren, wird gut für dich sein."

Trotz ihrer Gründe, nicht hinaus aufs Meer fahren zu wollen – und es gab viele – ließ sie ihre Hand in seine gleiten.

Etwas an BJ magnetisierte sie. Zog sie zu ihm hin, wie eine unwiderstehliche Kraft. Ihr Herz schlug zu schnell, als er sie mit leuchtenden Augen anlächelte.

Sie schmolz sofort dahin, als er sacht an ihr zog und sie im Gleichschritt zurück den Strand entlang gingen. Er ließ ihre Hand nicht los und auch wenn sie wusste, dass es das Richtige gewesen wäre, seine Hand loszulassen, wollte sie es nicht. Alles an BJ sagte ihr, dass er ein liebenswürdiger Mann war, ein guter und aufrichtiger Mann. Und nachdem sie mit solchen wie Brad Pearson zu tun hatte, musste sie vielleicht einfach diese schlechten Erinnerung überschreiben, indem sie Zeit mit einem Mann wie BJ verbrachte.

Sie waren einige Meter den Strand entlang gegangen, als er ihre Hand losließ. „Ich schätze, ich gebe dir wohl besser deine Hand zurück." Er grinste und schaute dann auf das Wasser hinaus.

„Danke."

„Ich liebe das Wasser", sagte er nach ein paar peinlichen Momenten, in denen sie schweigend den Strand entlanggegangen waren. „Mein Dad liebte das Wasser. Er hat mir viel von dem, was ich weiß, beigebracht und mich dazu inspiriert, aus dem, was ich liebe, eine Karriere zu machen. Ich habe in diesem Boot schon viel von der Welt gesehen und fast jeden amerikanischen Hafen."

„Wirklich? Du bist also nie lange an einem Ort?"

„Ich liebe es, umherzuziehen. Ich mag es, nicht an einen Ort gebunden zu sein."

„Das klingt einsam."

„Das ist es nicht. Ich treffe Leute. Und ich bleibe während des Jahres viel an der Küste Floridas und den Keys und habe überall Freunde gefunden."

„Wie lang bleibst du normalerweise an einem Ort?" Sie fragte sich, wie lang er in Windswept Bay bleiben würde.

„Meist normalerweise nicht länger als drei bis fünf Monate. Es gibt zu viel zu sehen und nicht genug Zeit."

Er hatte einen rastlosen oder abenteuerlustigen Geist, bemerkte sie. Sie entschied sich für abenteuerlustig, denn an ihm schien nichts rastlos. „Ich habe mich auch einmal so gefühlt." *Vor langer Zeit.*

„Seelenverwandte", merkte er an.

Das perfekte Lächeln war so verführerisch, dass

ihre Knie weich wurden. Die freie Brust mit ihren wohldefinierten Muskeln machte alles nicht besser. Seitdem er aufgetaucht war, bekämpfte sie den Drang, ihn die ganze Zeit anzustarren.

Und sie verlor den Kampf.

Als sie den Weg erreichten, der zu Shars Bungalow führte, blieben sie stehen. Sie wollte nicht, dass der Nachmittag endete. Doch die Vorstellung, morgen mit ihm Zeit auf dem Wasser zu verbringen, anstatt sich mit den Boulevardzeitschriften herumzuschlagen, war sehr verlockend.

„Wir können morgen so lange draußen bleiben, wie du magst. Ich packe etwas zum Mittag ein und im Kabinenbereich gibt es eine Toilette."

„Jetzt bist du mir schon sympathischer. Ich bin kein Freund von Eimern." Sie kicherte und erinnerte sich an die Bootsausflüge als Kind.

Ein verführerisches Lachen zeigte sich auf seinem gebräunten Gesicht. „Ich tue, was immer nötig ist, um dich herumzukriegen."

„Nun, ich danke dir. Ich bin mir sicher, dass all deine Kunden, vor allem weibliche Anglerinnen, dir dankbar sind."

„Momentan bist du die einzige, die ich versuche, zu beeindrucken."

Sie lachte. „Na ja, eine Toilette hat den Zweck definitiv erfüllt."

„Großartig. Dann werde ich nach den Sternen greifen. Mein Haus hat sieben Badezimmer."

Bei dem übertriebenen Ausdruck von Stolz in seinem Gesicht brach Olivia vor lauter Lachen beinahe zusammen. Der Mann hatte einen tollen Humor. „Ich bin vor Begeisterung für dich überwältigt."

„Das solltest du auch."

„So, so", sagte sie, während sie ihren Blick den Strand entlang auf das massive, mehrstöckige Haus in der Nachmittagssonne richtete. Es war unmöglich, es so abzuschotten wie die anderen Häuser in diesem Viertel. „Nicht, dass ich unser Gespräch von diesem faszinierenden Thema, das wir besprochen haben, ablenken will, aber ich bin neugierig. So wie ich die Situation verstehe, war Gage hergekommen, um eine Auszeit zu nehmen, nachdem sein – *euer* – Vater gestorben ist. Erst nachdem er hier war, entdeckte er, dass dieses Haus Geheimnisse verbarg und er hat durch Fotos, die er in dem Haus gefunden hatte, von dir erfahren. Und dann bei der Verlesung des Testaments hat er noch mehr über dich erfahren und dass euch beiden das Haus gehört?"

„*Und* wir gleiche Besitzanteile an den zuvor genannten sieben Badezimmern haben", fügte BJ witzelnd hinzu. „Ja, ziemlich verwirrend, aber so lässt es sich ungefähr zusammenfassen. Oder so verstehe ich zumindest die Situation. Ich müsste eigentlich nach New York fliegen, um mich mit dem Anwalt zu treffen und um mir die Details anzuhören. Das Problem ist, dass ich nicht das kleinste bisschen Interesse daran habe, in diese überbevölkerte Stadt zu fliegen und zwischen all diesen Wolkenkratzern eingeklemmt zu sein. Nicht wenn mein Leben draußen auf Meer stattfindet."

Olivia hatte einen Aha-Moment. „Du hast Angst vor überfüllten Städten."

„Du bist nicht die einzige mit Blockaden." Er grinste amüsiert.

Olivias eigenes Grinsen wurde automatisch breiter. „Wow, und das gibst du sogar selbst zu. Das gefällt mir.

Kein machomäßiges Leugnen."

Er zuckte mit einer Schulter. „Nein – bei mir kriegst du, was du siehst. Ich fühle mich wohl in meiner Haut und ich mag keine Städte. Zumindest nicht den Stadtkern und nicht die mit so hohen und eng beieinanderstehenden Gebäuden, dass man den Himmel nur dann sehen kann, wenn man mit dem Aufzug nach oben fährt, oder mit einem Streifen Himmels so breit wie die Straße zufrieden ist. Wenn ich nicht da bin, haben die Leute, denen dieses Leben gefällt, immerhin mehr Platz. Ich werde da einfach nicht hingehen."

„Ich kann die Logik hinter deinen Gedanken total nachvollziehen. Ich empfinde bei Dächern genauso. Von jetzt an werde ich unter keinen Umständen dort hinauf klettern."

„Siehst du, wir verstehen uns. Ich gehe besser. Wir treffen uns um sechs am Anleger. Ist das zu früh? Das Wasser ist zu dieser Zeit großartig."

„Ich werde bereit sein." Sie sah ihm nach, wie er davonging, während Schmetterlinge in ihrem Bauch flatterten. Vorhin hätte sie sich vor morgen und dem, was der Tag für sie bereithielt, gescheut. Doch jetzt konnte sie es kaum erwarten, dass die Sonne aufging.

BJ mochte sie und ertappte sich selbst dabei, dass er pfiff, während er mit großen Schritten über den Sand auf das Ungetüm von einem Haus an der Kurve des Strandes zuging. Ihm gefiel die Art, wie Olivia dachte, wie sie ihn neckte, die Art, wie sie mit ihren blonden Haaren und aufgeweckten grünen Augen schaute und ihr absolut bescheidenes Auftreten. Olivia war eine Frau, die sich selbst kannte und sich in ihrer Haut wohlfühlte. Zumindest größtenteils.

Von dem Wenigen, das sie darüber erzählt hatte, wusste er, dass dieses Ding mit den Paparazzi, die hinter ihr anstatt hinter ihren Klienten her waren, sie umgehauen hatte. Doch sie kam wieder auf die Beine und vielleicht war der Tag auf dem Wasser genau die Motivation, die sie brauchte. Zumindest könnte sie dabei entspannen; dafür würde er sorgen.

Zeit auf dem Wasser konnte bei vielen Dingen helfen. Es war der Ort, an dem er am besten nachdenken konnte. Es war der Ort, den er liebte und er war aufgeregt, das mit Olivia zu teilen. Morgen würde ein guter Tag werden.

Nein, morgen würde ein *großartiger* Tag werden.

„Das hat mir gefehlt", rief Olivia am nächsten Morgen, während sie mit schneller, aber sicherer Geschwindigkeit, durchs Wasser und über den tosenden Wind hinweg rasten. Sie fuhren über das blaue Wasser auf einige kleine Inseln zu und die Sonne stand noch immer zart am frühmorgendlichen Horizont.

Das Boot war groß genug, dass die Gischt des Wassers sie nicht bespritzte, doch Olivia hätte nichts dagegen gehabt. Sie liebte es.

„Es freut mich, dass es dir gefällt", rief BJ vom Kapitänssitz neben ihr, wobei der Wind seine Worte verwehte.

Der Wind schlug ihm seine Locken in die Stirn, er sah glücklich und jugendlich aus. Ihr fiel auf, dass er an Land einen ernsthafteren Ausdruck an sich hatte. Das Meer war offensichtlich der Ort, an dem sein Herz war. Jetzt gerade wirkte er mit dem Wind im Gesicht nahezu ausgelassen.

„Oh." Sie schaute über die Bucht in Richtung der Mangroven, die wie Sperrbüsche an der Küste wuchsen. „Wenn du in diese Richtung fährst, kann ich dir womöglich was ziemlich Cooles zeigen. Falls es nach all den Jahren noch dort ist."

„Geht klar." Er lenkte das Boot sofort in Richtung der Mangroven. Als sie näherkamen, wurde das Wasser flacher und sie wusste, dass er nicht so nah herankonnte, wie kleinere Boote, aber dennoch würde er ihre Überraschung sehen können.

Hier im Flachen war das Wasser sehr ruhig und absolut klar. Man konnte den Fels und den Sand auf dem Grund sehen und größtenteils war kein Fisch in Sicht. Sie versteckten sich in den Wurzeln der Mangroven, die über und unter der Wasseroberfläche eine verworrene Masse waren. Dann tauchten die Ammenhaie auf. Kleine Exemplare, flach und fast weiß im Wasser, während sie aus dem ausgedehnten Wurzelsystem hervorschossen. „Ich finde Mangroven immer ziemlich unheimlich." Sie lachte. „Ich meine, die wachsen hier im Flachen mit all ihren Wurzeln und man hat keine Ahnung, was dort drinnen lebt. Wie diese Haie. Das erste Mal, als ich sie gesehen habe, als ich klein war, hat es mich wirklich schockiert. Weil ich dachte, es sähe so aus als könnte man einfach ins Wasser springen und schwimmen, und das machen viele Leute, doch ich nicht. Habe ich erwähnt, dass ich keine Haie mag? Selbst Baby-Ammenhaie. Die Mütter sieht man nie, aber ich komme nicht umhin, daran zu denken, dass sie in der Nähe sind."

„Ich verstehe dich. Es sind nicht die Ammenhaie, die mich im Boot halten."

„Mich aber. Schau, dort." Sie entdeckte die Öffnung in den Mangroven, die sie für die richtige hielt. Es war Jahre her, doch damals kam sie oft hierher zurück. „Kannst du durch den Kanal fahren? Ich glaube, wenn du in der Mitte bleibst, ist es tief genug für das Boot und du kommst zur breiten Seite durch."

„Kann ich. Und falls nicht, habe ich nichts dagegen, hier mit dir festzustecken", neckte er.

„Ich glaube, du bist ein ganz schöner Aufreißer", schoss sie zurück, während er durch die Reihen grüner Büsche manövrierte, bis sich der Kanal verbreiterte und sie auf der anderen Seite des Mangrovenlabyrinths waren.

„Ich habe meine guten Momente", stimmte er zu.

Sie setzte sich auf, als sie es entdeckte. „Dort." Sie deutete über die Fläche hinweg. „Siehst du es?"

„Hey, das ist ein Adlernest." In seinen Worten schwang Begeisterung.

Sie grinste und spürte selbst die Begeisterung. „Das erste Mal habe ich es entdeckt, als ich in der High School war. Ist das nicht cool? Der Adler kommt jedes Jahr zurück, um seine Babys zu haben. Ich bin mir sicher, dass er es wegen der Stürme ein paar Mal neu bauen musste. Aber die Mangroven schützen das Nest."

Weil die knorrigen Bäume kurz und gedrungen waren, lag das Nest nur etwa zwei Meter über dem Wasser. Es saß wie ein Zapfen zwischen den Ästen.

„Die Mangroven helfen dem Ökosystem und sind unverzichtbar für die Umwelt. Das hier ist nur ein weiteres Beispiel für ihren Wert."

„Du weißt bestimmt viel über Ökosysteme."

„Ich habe das mal studiert", gab sie zu. „Damals als ich dachte, ich würde irgendeine Karriere machen, die mit Ökosystemen zu tun hätte."

Er sah sie an. „Du bist ein Rätsel, Miss Sinclair. Du dachtest daran, eine berufliche Laufbahn zu starten, die mit der Umwelt zu tun hat. Aber stattdessen endest du in Hollywood und schützt die Rechte von Filmstars. Warum passen die beiden Wahlmöglichkeiten überhaupt nicht zusammen?"

Sie schaute nach unten und vermied seinen Blick. Sie hatte seit langer Zeit nicht mehr über ihre Berufsentscheidung gesprochen. „Ich habe entlang des Weges einfach entschieden, dass es besser zu mir passte, mich mit Hollywood rumzuschlagen."

Er neigte seinen Kopf und musterte sie, als würde er ihre sämtlichen Geheimnisse ergründen. Sie kämpfte hart darum, keinerlei Emotionen zu zeigen.

„Warum kann ich nicht glauben, dass es so einfach ist?", sinnierte er nach einem Moment.

Sie kannten einander nur kurze Zeit und dennoch las er sie wie eine Biographie. Sie warf ihm einen gereizten Blick zu. „Du musst es nicht glauben."

Er schaute etwas verlegen. „Okay, du sagst also ich soll dich in Ruhe lassen. Das lässt mich wirklich glauben, dass du nichts versteckst."

Der Mann war irritierend. „Hör zu, ich will einfach nicht darüber reden."

„Warum?"

„Bist du immer so unausstehlich neugierig?"

„Nicht immer." Er lachte kurz und abschätzig. „Aber du liebst offensichtlich das Wasser, liebst die kleinen Details, die die Umwelt im Gleichgewicht halten. Dennoch hast du dich dafür entschieden Presseagentin in Hollywood zu sein und dich mit Idioten herumzuschlagen, die sich nicht selbst um ihre dreckige Wäsche kümmern können. Ich bin verwirrt. Aber interessiert. Sehr interessiert. Du interessierst mich. Falls ich das noch nicht deutlich gemacht habe." Er lächelte und ihre schlechte Stimmung milderte sich ab.

Er war wirklich interessiert, bemerkte sie. Ihre Familie hatte sie mal im Versuch, herauszufinden, warum sie ihre Entscheidungen getroffen hatte, bedrängt und damit aufgehört, als sie sie zurückgewiesen hatte. Er hatte sich nicht zurückweisen lassen. Sie wussten, dass sie, sobald sie eine Entscheidung getroffen hatte, diese nicht mehr änderte. BJ kannte sie nicht lang genug, um das über sie zu wissen. *Du interessierst mich.* Seine Worte hallten durch sie hindurch.

Er hatte das Boot verlangsamt und lenkte es aus dem Flachen heraus. Jetzt steuerte er das Boot auf das offene Wasser zu, vorbei an den Mangroven.

Sie setzte sich für die Fahrt aufs offene Meer hin.

Er lächelte zu ihr hinüber. „Sei nicht sauer auf mich."

Sie lachte, denn sie konnte nicht anders. „Okay, ich bin nicht sauer. Aber du siehst zu viel. Drängst zu sehr und bist unerträglich neugierig. Wenn ich über etwas nicht reden will, dann will ich einfach nicht."

„Gut. So sei es." Er lachte und zog die Drossel zurück. Das Boot reagierte sofort mit einem kräftigen Aufheulen, als die Motoren beschleunigten.

„Was ist mit dir?", fragte sie und hatte das Gefühl, sie wäre an der Reihe, neugierig zu sein. *Gerecht war gerecht.* „Bist du näher dran, zu wissen, warum deine Mutter mit dir davongelaufen ist?"

„Irgendwie näher als gestern? Nein. Kein bisschen."

„Ich finde das sehr verwirrend."

„Da bist du nicht die Einzige."

85

Sie lächelte ihn an, obwohl sie noch immer ein wenig gereizt von seiner Neugier war. „Hast du gestern Abend noch weiter über deine Situation nachgedacht? Wirst du nach New York fliegen, um dich mit dem Anwalt zu treffen?"

„Nein. Ich habe ihn heute Morgen angerufen und ihm gesagt, er soll seine Sachen packen, ein Flugzeug hierher nehmen und mir die Details mitteilen."

„Und er hat einfach zugesagt?"

„Ich habe ihn überzeugt, als ich ihm sagte, ich würde ihn mit dem Boot mit rausnehmen. Kannst du glauben, dass dieser New Yorker Anwalt noch nie einen Angelausflug gemacht hat? Ich habe ihm gesagt, dass er nicht weiß, was er verpasst und dass ich ihm versichern kann, dass er jede Menge Tiefseefische angeln würde, wenn er herkäme. Thunfisch, Makrele, und falls er bis nächste Woche hierherkommt, besorgen wir ihm einen Speerfisch und womöglich einen Wahoo."

Sie war beeindruckt. „Und er hat sich ködern lassen?"

BJ grinste. „Wie ein großer Riesenzackenbarsch."

Sie lachte laut auf. „Du bist ein Genie."

„Nein. Ich weiß nur, wie man angelt." Zwischen ihnen waren nur etwa dreißig Zentimeter, während BJ sie mit funkelnden Augen anlachte. Seine blauen Augen waren ausdrucksstark und forschend, für einen Moment durchdringend und eisblau. Aber jetzt wechselten sie zu einem sanfteren Blau, das funkelte, während er ihr dieses verführerische, total ansteckende Lächeln zuwarf.

Und sie fragte sich, ob er gerade angelte. *Nach ihr.*

Die Vorstellung raubte ihr den Atem.

Und dann ließ er die Drossel los. Das Boot rollte sofort aus, als er sich umdrehte und ihre Wange umfasste. Das Boot schaukelte, während er sehr zärtlich mit seinem Daumen über ihre Wange strich.

Und sie war gefangen – mit Haken, Schnur und Bleigewicht.

KAPITEL SECHS

BJ konnte nicht anders, als er Olivias weiche Wange berührte. Das sollte, wie er sich vorgestellt hatte, ein entspannter Tag werden. Stattdessen hatten sie sich unerwartet ihren Problemen zugewandt. Aber das war okay, denn Olivia gingen Dinge durch den Kopf, von denen sie sich lösen musste. Und er war sehr neugierig auf das, was er über sie erfahren hatte.

Der Ausdruck auf ihrem Gesicht, als sie über die Mangroven, über die Haie und über das Meer gesprochen hatte, war ganz anders als alles andere davor. Sie hatte auf eine schöne Art und Weise gestrahlt.

Nicht, dass sie nicht so schön wäre. Daran gab es keinen Zweifel – er könnte sie den ganzen Tag ansehen. Wem versuchte er etwas vorzumachen? Er könnte sie den Rest seines Lebens ansehen. Es stimmte. Doch als sie angefangen hatte, über die Schönheit der Gegend zu sprechen, hatte ihn etwas tief in seinem Innern berührt.

Er hatte in seinem Leben mit vielen Frauen zu tun gehabt, doch keine von ihnen hatte ihn so bewegt wie Olivia.

Alles an ihr zog ihn in ihren Bann und es war, als könne er spüren, was sie dachte und fühlte.

Als wären sie verbunden.

Genauso konnte sie ihn fast wie ein Buch lesen. Es war ein nervenaufreibendes Gefühl. Sie hatte vermutlich versucht, zurück zu ihm zu lenken, da er so in ihrem Leben geschnüffelt hatte.

Doch jetzt gerade wollte er sie küssen.

Sie bewegte sich nicht, als er auf ihre Lippen blickte, und dann wanderte seine Hand sanft zu ihrem Nacken und er zog sie zu sich. Sein Herz schlug heftig in seiner Brust und er konnte in ihren Augen sehen, dass sie das gleiche empfand. Zumindest dachte er – hoffte er

–, dass das Gefühl beiderseitig war.

„Du bist faszinierend", sagte er leise und dann senkte er seine Lippen auf ihre.

Während seine Lippen mit Olivias verschmolzen, durchfuhren ihn Emotionen und Gefühle. Als sie den Kuss erwiderte, verengte sich seine Brust. Sein Herz schlug heftiger und das süße Empfinden von Perfektion umschloss sie wie ein Kokon, als würden nur sie beide auf der Welt existieren.

Er zog sich zurück. Er war überwältigt und atmete schwer. Sie sah genauso benommen aus wie er sich fühlte. Sie starrten einander an. Er hatte absolut keine Ahnung, was er sagen sollte. Er hatte nie zuvor so eine Verbindung gespürt. Er hatte so eine Verbindung vorher nie gewollt… die Art, die ihn an einen Ort band. Ihn auf unbestimmte Zeit andockte.

Olivia war besonders und die Art und Weise, wie sie sich kennengelernt hatten, war ungewöhnlich. Etwas an dem Zusammensein mit ihr gab ihm das Gefühl, dass sein Leben nie wieder dasselbe sein würde.

„Ich bin mir nicht sicher, dass das eine gute Idee war", brachte er schließlich hervor und war froh, zusammenhängend zu klingen. Er musste das hier langsam angehen und herausfinden, wo es hinführte. Er könnte es nicht ertragen, sie zu verletzen.

Sie blinzelte ihn an. Ihre Augenbrauen zogen sich zusammen. „Da könntest du Recht haben", sagte sie. „Auch wenn zumindest keine Paparazzi in der Nähe sind."

Er lachte und die Anspannung löste sich. „Das hoffen wir zumindest."

Ein Moment der Stille erstreckte sich zwischen ihnen, bevor er in Richtung ihres Platzes nickte. „Setz dich hin und warte. Wir fahren ins tiefe Wasser."

In mehr als einer Hinsicht, dachte er, als er die Drossel nach vorn schob und das Boot über die Wellen fliegen ließ.

Vor der Küste Floridas stürzten die tropischen Farbtöne aus Meeresgrün und Gischt wie Puzzleteile ineinander, während das flachere Wasser langsam in tiefere Juwelentöne von Jade und Saphir übergingen. Olivia liebte diese Schönheit. Und hatte sie vermisst.

Das offene Meer und die warme, salzige Brise riefen nach ihr. Der Geruch von Seegras und frischer Luft füllte ihre Lunge, was es zum perfekten Moment machte. Doch selbst das konnte sich nicht mit dem unglaublichen Gefühl von BJs Lippen auf ihren messen. Der Kuss hatte die Schönheit und das Staunen dieses Tages in Richtung Himmel katapultiert.

Ihr Herz schlug unregelmäßig, während sie das Wasser kreuzten. „Es ist so lange her, seit ich draußen auf dem Wasser war", rief sie durch den Wind. Einst hatte sie das offene Meer und Tiefseefischen geliebt. Sie hatte es aufgesogen, alles an dem Leben geliebt: Schnorcheln, Angeln, Wellen reiten, Windsurfen… und sie hatte auch Adam Davies geliebt.

Sie hatte seit langer Zeit nicht an Adam gedacht. Sie hatte es nicht gewollt.

Adam war während der gesamten High School alles für sie gewesen und als sie mit Plänen, ihr Leben gemeinsam zu verbringen, ans College gingen, war das Leben perfekt. Oder das glaubte sie zumindest.

„Warum nicht?", fragte BJ. „Wenn du es so liebst, warum hast du dich dann davon ferngehalten?" Sein

Haar fiel ihm über die Stirn, als ihre Blicke sich trafen.

„Aus vielerlei Gründen", sagte sie ausweichend. Dabei fand sie es nervenaufreibend, ihn anzusehen und festzustellen, dass sie ihn erneut küssen wollte. „Nichts, worüber ich wirklich reden will." *Sie hatten das gerade erst hinter sich gelassen und schon drängte er sie wieder.*

Sie beobachtete das Wasser und hoffte, Delfine zu sehen, die mit ihnen schwammen, was womöglich das Thema für sie gewechselt hätte.

Sie hoffte, er würde das Thema sein lassen, denn er hatte etwas in ihr geweckt, das sie seit langer Zeit nicht gefühlt hatte. Nicht seit Adam und er war die letzte Person, an die sie gerade denken wollte… aber sie tat es.

Adam hatte vor, Meeresbiologe zu werden, und sie hatte geplant, Umweltforscherin zu werden. Sie hatten davon geträumt, die Welt zusammen zu bereisen. Und dann während des letzten Collegejahres hatte Adam ihr aus dem Nichts offenbart, dass es da jemand anderen in seinem Leben gab. Und auf einen Schlag war er seiner Wege gegangen.

Er hatte ihre Träume mit sich genommen und sein Leben mit seiner neuen Liebe geteilt.

Sie hatte herausgefunden, dass er sich mit seiner neue Liebe schon seit einem Jahr getroffen hatte und Olivia hatte keine Ahnung gehabt. *Keine Ahnung.* Es war auf so vielen Ebenen demütigend gewesen.

Am Boden zerstört, wütend und beschämt hatte Olivia niemandem davon erzählt.

Danach hatte sie das Leben, das sie geplant hatte, nicht mehr fortführen können. Ihr Herz wäre nicht bei der Sache gewesen.

Sie hatte jeden Kredit, den sie kriegen konnte, für ihren neuen Abschluss in Öffentlichkeitsarbeit verwendet. Sie konnte gut mit Worten und mit Menschen umgehen, daher dachte sie, das würde gut passen.

„Warum bist du in den PR-Bereich gegangen?"

Das könnte sie beantworten. „Da ich in einer großen Familie aufgewachsen bin, habe ich gelernt, diplomatisch zu sein und Probleme zu lösen. Ich dachte, es würde gut passen." Sie wiederholte einiges von dem, was sie dachte, nur nicht alles davon. „Man hat nicht fünf Brüder und drei Schwestern und weiß nicht, wie man redet. Oder ist manchmal diplomatisch." Olivia lächelte. Es war auch eine einfache Möglichkeit gewesen, aus dem College zu kommen, ohne ihren Eltern zu erzählen, wie am Boden zerstört sie wegen Adam gewesen war. Stattdessen hatte sie ihnen einfach erzählt, dass sie sich auseinandergelebt hatten, da ihr Leben eine neue Richtung eingeschlagen hatte. Sie vermutete, dass sie mehr wussten – sie war überzeugt, dass ihre Schwestern wussten, dass etwas passiert war – doch sie war unerschütterlich, dass sie eine Karriere verfolgte, die sie liebte.

„Gefällt es dir?" Er klang skeptisch, wenn man bedachte, welchen Eindruck er zuvor von ihrem Klientel gewonnen hatte.

„Ich fand es aufregend, zumindest am Anfang." Und das war es tatsächlich. „Jetzt wird es ermüdend", sagte sie aufrichtig. „Und das Problem mit Brad war für die Situation nicht hilfreich." *Es hat ihr womöglich sogar eine Ausrede verschafft, Hollywood zu verlassen und eine Weile nach Hause zu kommen.* Der Gedanke traf sie wie aus dem Nichts.

Die Erkenntnis war überwältigend.

„Zeit, Fische zu fangen", rief BJ, als er eine

Ansammlung von Möwen über ihnen sah. Über dem Wasser segelnde Möwen bedeuteten Fisch, jede Menge Fisch, und er konnte sehen, dass Olivia nicht glücklich über das war, woran auch immer sie dachte. Er ließ den Anker hinunter und ging zu den Angeln. Er wollte ihr die Befangenheit nehmen und ihr einen sorgenfreien Tag bescheren. Nicht sie noch mehr stressen. Er lächelte und wedelte mit der Angel vor ihr. „Bist du bereit, einen Haken ins Wasser zu werfen?"

„Bin ich. Ich habe mich gefragt, ob dir das als Bootskapitän manchmal langweilig wird. Aber jetzt gerade siehst du aus wie ein Kind im Bonbonladen."

Er schenkte ihr ein großes, breites Grinsen. „Ich habe mir diesen Beruf ausgesucht, weil ich ihn liebe. Es wird nie langweilig. Ich kann den ganzen Tag, jeden Tag, für den Rest meines Lebens angeln. Versteh mich nicht falsch: Ich mag auch andere Dinge, aber das ist mein Traumjob. Mein Traumleben."

Es war alles wahr.

„Das ist wundervoll. Nicht viele Leute können das sagen."

„Ja, ich weiß. Für mich ist es nicht selbstverständlich." Er gab ihr ein Zeichen, sich die

Angel zu holen. „Sie ist bereit. Lass sie uns auswerfen."

Er freute sich, die Begeisterung in ihrem Gesicht zu sehen, während sie sich die Angel holte. Ihre Hände berührten sich und die Chemie zwischen ihnen sprühte Funken in seinem Innern. Sie schluckte schwer, als sie ihre Finger um den Griff legte, und er losließ. *Hier ging es ums angeln, nicht ums küssen. Oder um sein Verlangen, sie zu küssen.*

Er beobachtete, wie sie professionell mit der Angel umging und war beeindruckt. „Das ist offensichtlich nicht dein erstes Rodeo."

Sie lachte. „Mit Angeln kenne ich mich aus. Rodeos sind eine andere Geschichte."

Er kicherte und liebte ihr Lachen. „In dir ist kein Cowgirl oder keine Rodeo-Liebhaberin versteckt wie bei deinem Bruder Cam?"

„Nein. Cam wusste schon von klein auf, dass er ein Cowboy sein wollte. Für ihn war es die merkwürdigste Sache, an der Küste zu leben, und er wusste immer, dass er, wenn er groß war, auf einem Pferd sitzen würde. Meine Eltern sorgten dafür, dass wir alle Reitunterricht bei dem kleinen Gestüt am Ende der Straße entlang am Resort bekamen. Aber genauso wie mit Dächern hab ich es auch mit dem Reiten nicht so sehr. Angeln mochte ich von Anfang an."

Warum also, fragte er sich erneut, *hatte sie damit aufgehört?* Es war verwirrend, doch etwas in ihrem Gesichtsausdruck hatte ihm vorhin verraten, dass sie Erinnerungen hatte, über die sie nicht sprechen wollte.

„Versteh mich nicht falsch." Er nahm seine eigene Angel. „Zeit mit einer wunderschönen Frau zu verbringen, gefällt mir ebenso. Deswegen ist der heutige Tag einfach perfekt. Ich kann angeln und habe gleichzeitig eine wunderschöne Frau bei mir."

„Du Charmeur", sagte sie und schnaubte auf süße Art, was ihn zum Lachen brachte. „Wie bist du also zu diesem Beruf gekommen?"

„Mein Dad liebte es. Er war ein großer Fischer. Ich kann mich an die Ausflüge erinnern, die wir unternommen haben, als ich noch ein Kind war. Er liebte es. Aber wir haben es nur ein paar Mal in meinem Leben gemacht. Ich kann mich daran erinnern, dass er mir den einen Tag, während wir auf dem Wasser waren, erzählte, dass er, wenn er sich seinen Berufsweg hätte aussuchen können, Seekapitän geworden wäre. Er war nicht in der Nähe von Wasser aufgewachsen und erst später in seinem Leben dazugekommen. Lange nachdem er Buchhalter geworden war."

„Ich wollte gerade fragen, was er beruflich gemacht hat."

„Buchhalter der Extraklasse. Er war sehr gut in dem, was er tat. Er fand es okay, aber es war nicht angeln. Wenn er auf dem Wasser war, war er wie du vorhin – lebendig, begeistert. Als du anfingst darüber zu sprechen und wir dann auf dem Wasser waren, da hast du Funken gesprüht, Olivia. Bei ihm war es dasselbe. Als er und meine Mutter starben, brachten mich diese Erinnerungen auf den Weg zu dem Leben, was ich heute führe. Ich habe dieses Leben wegen ihm gewählt. Und es bereitet mir eine Menge Freude."

Und es hatte ihn nach Windswept Bay und zu Olivia geführt.

Wie die Wärme des Sonnenscheins an einem Frühlingstag legte sich das Wisser über ihn. Es stimmte.

Aber würde ihn das halten? Könnte es ihn erfüllen, an einem Ort zu bleiben?

KAPITEL SIEBEN

Olivia neigte ihren Kopf und beobachtete ihn. „Zufriedenheit", sagte sie. Er war der zufriedenste Mann, den sie je getroffen hatte, und das war etwas, dass sie zu ihm zog. „Das habe ich vom ersten Moment, in dem wir uns kennengelernt haben, an dir gespürt."

Ihr Magen bebte, während sein Blick auf ihrem Gesicht ruhte.

„Also, ich habe eine Frage", sagte er. „Wenn du etwas so sehr geliebt hast, warum bist du davor weggelaufen?"

„Du bist hartnäckig." Es war nervig, aber auch

schön, dass er sich so sehr für sie interessierte. Wirklich interessierte und immer wieder weiterfischte, damit sie sich ihm öffnctc.

„Das bin ich, wenn es um etwas geht, was ich gernhabe und, Olivia ich habe dir bereits gesagt, dass ich dich gernhabe."

Sie sahen einander an, während das Boot im Wasser schaukelte. Er schaute kurz weg, um zu überblicken, wo sie angelten. Dann lenkte er seinen Blick zurück zu ihr. Sie war gefesselt von ihm.

Sie war nicht bereit, sich zu öffnen, und dennoch fühlte sie sich zu ihm hingezogen. „Du hast nicht fertigerzählt, wie du Bootskapitän geworden bist."

Sie wollte die Unterhaltung von sich ablenken, doch vor allem wollte sie alles über ihn erfahren.

„Als mein Dad und meine Mom starben, habe ich mich daran erinnert, was mein Dad gesagt hat. Und dann habe ich mich dazu entschieden, das zu tun, was ich tun wollte. Sobald ich konnte, habe ich mir mit dem geerbten Geld mein Boot gekauft. Dann bin ich damit in diese Richtung gefahren. Ich habe tatsächlich viel Zeit unten in den Keys in Marathon und über die Seven Mile

Bridge in den Gewässern des Bahia Hondo National Parks verbracht, wo ich Leute mit zum Fischen von Tarpunen genommen habe. In den Gewässern dort in der Gegend bezahlen Leute dafür, zu lernen, wie man Tarpune und andere Kampffische fängt. Die guten Erinnerungen gaben mir einen guten Ort, um dort mit meinem Geschäft zu beginnen. Lilly kam mit mir und arbeitete eine Weile als Freiwillige in dem Park, bevor sie sich auf ihren eigenen Weg machte. Dennoch brauchten wir beide die Zeit dort. Sie geht noch immer phasenweise dort hin, um als Freiwillige in dem Park zu arbeiten."

„Das klingt nach einem sehr wichtigen Ort für euch beide. Mir gefällt die Gegend ebenfalls", stimmte Olivia zu. „Mein Dad hat uns einmal alle mit dort hingenommen und wir verbrachten zwei Wochen in einer der kleinen Hütten. Es war ein eindrucksvoller, belebter Ort. Wir konnten in der Gegend herumrennen und mit unseren Fahrrädern über die Insel fahren, schwimmen und angeln so viel wir wollten."

„Deine Erinnerungen daran klingen wie meine."

„Schräg, nicht wahr? Also wo ist deine Schwester

jetzt?"

„Sie arbeitet ebenfalls in einen Bereich, den sie liebt. Es ist ein Nomadenleben – sie geht von einem Wildpark zum nächsten, arbeitet dort und schaut sich das Land an. Jetzt gerade ist sie im Yellowstone, glaube ich. Ich bin bei ihr nicht immer auf dem neuesten Stand. Es ist Zeit, dass ich sie anrufe und mich bei ihr melde. Wir haben beide einen unruhigen Geist, wie ich es nenne."

Das hatte sie vorhin bereits bemerkt. *Er war rastlos.* Plötzlich geriet ihre Leine außer Kontrolle. „Ich habe etwas!"

„Oh ja, los geht's", rief er und stellte sich neben sie.

Olivia lachte, als sie zu ihm aufsah und Aufregung und Adrenalin durch sie hindurchfuhren als wäre sie gerade in einem elektrischen Sturm gefangen. „Jetzt macht es Spaß."

„Eine Frau nach meinem Geschmack", sagte er, wobei seine Augen vor Begeisterung strahlten.

Olivias Knie wurden weich und sie vergaß fast den Fisch am Ende der Leine. Dieser Trip nach Hause hatte eine unerwartete Wendung genommen und Olivia war es plötzlich egal, ob dieser Tag jemals endete.

Alles daran war perfekt.

Und dann klingelte ihr Telefon.

Der Klang überraschte Olivia und sie zog ruckartig an ihrer Leine. Diese riss plötzlich und der große Fisch am anderen Ende war weg. Sie hatte nicht einmal einen kurzen Blick darauf erhaschen können, was es gewesen war.

„Oh, nein!", rief Olivia enttäuscht. „Ich war an so vielen Orten auf dem Festland, wo es keinen oder schrecklichen Empfang gab, aber hier, 25 Kilometer vor der Küste, kann ich Anrufe empfangen."

„Ich hätte uns etwas weiter hinausbringen sollen." BJ zog eine entschuldigende Grimasse, die sie zum Lachen brachte, während sie ihr Telefon aus der Tasche zog.

„Vielleicht, aber das ist Levi und wenn er mich nicht erreichen könnte, würde er vielleicht denken, dass etwas nicht stimmt. Daher ist es wohl gut so." Sie nahm den Anruf entgegen und hielt das Telefon ans Ohr.

„Hallo –"

„Wo bist du?", blaffte Levi ohne ein Wort der Begrüßung.

Keine Frage, er war gereizt. „Ich bin angeln. Ich bin mit BJ mit dem Boot draußen."

„Angeln", knurrte er. „Na ja, ich will deinen Tag nicht stören, aber deine Entourage ist angekommen."

„Meine Entourage." Sie hätte beinahe gelacht – was in Anbetracht der Ernsthaftigkeit in der Stimme ihres Bruders ganz sicher ein Fehler gewesen wäre. Er war absolut nicht in der Stimmung für Humor. „Wo hast du das Wort denn gelernt?", fragte sie, wobei sie sich das Lachen verkniff.

„Hey, ich bin nicht in der Stimmung für Scherze. Diese Leute sind fürchterlich. Du musst herkommen. Sie sind so ziemlich überall, stellen Fragen und versuchen, herauszufinden, wo du bist."

Vor einer Stunde hätte sie die Neuigkeit verärgert. Jetzt sah sie hinüber zu BJ und in dem Moment schien es nicht mehr so eine große Sache zu sein.

„Olivia, bist du noch dran?"

„Ja, tut mir leid, Levi. Was hast du gesagt?"

„Dass sich diese Leute wie Fliegen vor dem Resort scharen und einen Tumult verursachen. Ich verstehe es nicht."

Olivia kicherte. „Levi, ein Foto ist für sie viel Geld wert. Es ist ihr Job. Brad ist mit seinem neuen Film als Top-Neuerscheinung momentan ein brandaktuelles Thema. Für sie wäre ein Foto Geld im fünfstelligen Bereich oder mehr wert."

„Du erzählst mir, dass jemand zehntausend oder so für ein Foto von dir bezahlen würde?"

„Also, krass, Levi. Glaubst du etwa nicht, dass ein Bild von mir so viel wert ist?" Sie konnte nicht anders als ihn zu necken.

„Ich glaube nicht, dass das Foto von irgendwem zehntausend wert ist. Aber ich denke, du bist mehr wert als Geld dies je bemessen könnte."

„Gute Antwort", sagte sie berührt.

„Soweit es um mich geht, die einzige Antwort, Schwesterchen. Kannst du jetzt herkommen, sodass wir herausfinden können, was wir als nächstes tun? Ich will sichergehen, dass du vor diesen Idioten in Sicherheit bist. Cali meinte, dass ein paar von denen wirklich unverschämt und fies sind und einige auch durch Jillians Blumen trampeln als wären sie Unkraut. Ich vertraue denen nicht. Ich, Jake und Trent werden bei Shars Haus auf dich warten. Max wäre auch hier, aber er wurde letzte Nacht zu einem Einsatz gerufen."

Sie zuckte zusammen. Max liebte seine Karriere im Spezialkommando des Militärs, aber das bereitete ihr auch Sorgen.

„Du bist bei Shar?", fragte sie und schob die Sorgen um Max in den Gebetsraum ihres Herzens zurück.

„Ja. Ist das ein Problem? Du bist also mit BJ unterwegs?"

Sie hasste es, ihm diesen riesigen Schlamassel zu seinem ohnehin harten Job als Polizeichef noch aufzubürden.

„Ja, ich bin mit BJ unterwegs. Ich sage ihm, er soll mich zurückbringen."

„Warum bin ich nicht überrascht, dass du bei ihm bist?"

„Ähm, ich bin mir nicht sicher, aber ist das ein Problem?", fragte sie, und wiederholte dabei seine Worte von kurz zuvor.

„Nein, überhaupt nicht."

„Gut. Wir werden in Kürze da sein." Sie legte auf.

BJ hatte die Leinen bereits eingeholt und stellte die Masten ein, während Olivia telefonierte. Jetzt ging er zum Steuerrad und wartete, dass sie ihren Platz einnahm.

„Ich schätze, du hast mitbekommen, dass ich zurück an Land zitiert wurde."

„Das habe ich irgendwie mitbekommen. Halt dich fest und kläre mich über den Rest auf, während wir losfahren."

„Klar. Die Reporter sind da", fügte sie hinzu.

„Und Levi macht sich Sorgen um dich."

Es war keine Frage, wie sie bemerkte. Er sagte es eher als Feststellung, ganz so, als würde er das verstehen.

„Ja. Er will, dass wir uns zusammen einen Handlungsplan überlegen."

„Gut. Was auch immer notwendig ist, damit du in Sicherheit bist."

„Das sind nur Reporter. Vor denen hatte ich noch nie Angst. Ich will nur keine Fragen beantworten."

„Und sie haben einen langen Weg für eine Story auf sich genommen, was mir sagt, und Levi vermutlich auch, dass sie ziemlich dringend ihre Story haben wollen. Es schadet nicht, vorsichtig und vorbereitet zu sein."

„Dann ist es an der Zeit, zurückzufahren." Sie sank in ihrem Sitz zurück. Ihr wurde klar, dass sie sich mehr darüber ärgerte, dass ihr Tag mit BJ endete als über das Fiasko, das sich an Land zusammenbraute.

Der Anlegesteg war voller Sinclair-Männer, als BJ sein Boot dorthin steuerte.

Olivias Vater Sam war dort, zusammen mit Levi, Jake und Trent. Er war sich nicht sicher, wo Max war, aber BJ wusste, dass Cam nach Gages und Shars Hochzeit zurück nach Texas gefahren war. Er hatte nur wenig Zeit mit Olivias Familie verbracht, aber es sah so aus als wäre die Familie bereit, es für sie mit der Welt aufzunehmen. BJ gefiel das und er würde mitmachen. Niemand würde Olivia verletzen oder angreifen, während er in ihrer Nähe war.

Diese sogenannten Journalisten hielten sich besser zurück. Denn sie hatten sich keinen Gefallen damit getan, Olivias Namen und ihren guten Ruf zu beschmutzen und quer über die Cover ihrer Schundmagazine zu verbreiten und ihr noch dazu bis in ihren Heimatort zu folgen.

„Sie sehen nicht glücklich aus", sagte er.

Olivia seufzte und rieb sich die Stirn. „Nein. Sie sehen bereit für den Kampf aus. Wo habe ich meine Familie mit hineingezogen?"

Er warf ihr einen bösen Blick zu. „Nirgendwo. Es ist nicht deine Schuld. Du hast Brad nicht darum gebeten, dich auf der Straße zu packen und vor den Kameras zu küssen." Er lenkte das Boot langsam an den Anleger und ging dann raus, um Jake ein Tau zuzuwerfen. „Danke", rief er.

„Jederzeit." Jake fing das Tau und beugte sich dann hinunter, um das Boot am Anleger zu vertäuen. „Ich bin nur froh, zu wissen, dass Olivia bei dir war."

„Ja", rief Trent, als er sich am hinteren Teil des Boots festhakte und das Seil nahm, das BJ ihm reichte. „Bei all den Idioten, die umherlungern und nach ihr suchen, ist es gut zu wissen, dass sie bei dir war."

BJ wollte gerade sagen, dass er das auch fand, doch Olivia sprach zuerst.

„Er hat mich zum Angeln mitgenommen. Nach mir muss man nicht schauen."

„Sagst du", schoss Jake zurück.

„Wir sehen das anders", fügte Trent kurz und bündig hinzu.

Verzweiflung zeigte sich auf Olivias Gesicht, doch anstatt noch mehr zu ihren offensichtlich entschlossenen Brüder zu sagen, wandte sie ihre Aufmerksamkeit zu ihrem Vater, der ihr seine Hand entgegenstreckte.

„Dad, du hast dir keine Sorgen gemacht, oder?" Olivia sah zu ihrem Vater und ließ sich von ihm vom Boot helfen.

„Doch, das habe ich. Dort sind ein Dutzend oder mehr Leute vor dem Resort wie festgenagelt und suchen nach dir. Und ich weiß nicht, wie viele sich in den Büschen verstecken und darauf warten, herauszuspringen und dich zu belästigen. Nicht zu erwähnen diejenigen, die die Straße entlang von unserem Haus aufgereiht stehen." Er zog sie in seine

Arme. „Es ist schön, dass du zuhause bist. Auch wenn mir die Umstände nicht gefallen, bin ich froh, dass du zu uns nach Hause gekommen bist."

Sie legte ihre Arme um seine Taille und BJ sah die Liebe auf ihrem Gesicht, während sie ihren Vater umarmte. „Es tut mir leid, dass ich dir Sorgen bereitet habe."

„Nicht deine Schuld", sagte er – genau was BJ zu ihr gesagt hatte. „Jetzt lass uns schauen, was wir tun können, um all diese Lächerlichkeit in Ordnung zu bringen." Über ihren Kopf hinweg traf sein ernster Blick den von BJ. „Sie wissen noch nicht, dass sie hier bei Shar ist. Aber ich bin froh, dass du heute in ihrer Nähe warst, für den Fall, dass einer von ihnen aufgetaucht wäre."

„Ich bin auch froh, dass ich bei ihr war."

Olivia wandte sich zu ihren Brüdern. „Sorry, Jungs. Danke euch allen, dass ihr gekommen seid."

Levi nickte und sprach schließlich: „Es war gut, dass du zu Shars Haus gekommen bist, weil es schwieriger ist, ihre Adresse herauszufinden, da sie ja hier nur auf das Haus aufpasst."

„Das ist auch eine gute Sache", stimmte Jake zu. „Sie haben in der Nähe meines Tauchshops herumgeschnüffelt und Trent hat sie ebenfalls gesehen."

„Einer hat mich verfolgt, als ich heute Morgen von der Baustelle losgefahren bin, um mich mit meinen Jungs zu treffen", sagte Trent. „Er war überrascht, als ich ihm sagte, dass er Hausfriedensbruch begeht und ich ihm sofort den Ausgang gezeigt habe." Er grinste breit und BJ hatte das Gefühl, dass der Fotograf nicht lange in der Nähe geblieben war.

Trent kicherte. „Dann hat ein anderer versucht, mir zu den Wanderwegen zu folgen." Er grinste. „Ich habe ihn auf eine schöne, lange Gänsejagd mitgenommen."

Olivia lachte und grinste zu BJ hinüber. „Er ist ein ehemaliger Navy SEAL und gut in Form. Er könnte tagelang ohne Pause rennen, denke ich."

BJ lachte. „Guter Zug, man."

Trent zuckte mit den Schultern. „Es hat so oder so Spaß gemacht."

Beim Geräusch eines Helikopters drehten sich alle um und blickten den Strand entlang.

BJ sah ihn in der Ferne tief an der Küstenlinie

entlangfliegen. „Ich hoffe, das ist bloß die Küstenwache, die wie jeden Tag ihren Job macht und die Küste rauf und runter abfliegt. Trotzdem sollten wir Olivia vielleicht besser ins Haus bringen."

„Er hat Recht", stimmte Levi zu. „Alle los, nur für den Fall, dass der Vogel kein Freund ist."

Sam und BJ gingen neben Olivia, während sie vom Anlegesteg hinunter und über den Sand liefen.

„Geht alle voraus." Jake lief an ihnen vorbei und ließ sich in einen Strandstuhl fallen. „Ich warte hier." Er zog sein dunkelblaues Hawaiihemd aus, und entblößte einen echten Waschbrettbauch, der zu seiner Badehose passte. „Ich will sehen, ob das einer meine Kumpels von der Küstenwache ist oder eine von Olivias Schnüfflern."

„Wenn du es herausgefunden hast, komm hoch ins Haus", forderte ihn Levi auf. „Und benimm dich."

„Hey, ich bin bloß ein Typ, der sich bräunt. Und aus meinen ganz persönlichen Gründen hoffe ich, dass es die neue, weibliche Rekrutin ist, die letzte Woche in die Stadt gekommen ist. Andererseits wird sie den Helikopter versehentlich im Meer versenken, wenn sie diese Bauchmuskeln zu Gesicht bekommt."

„Ich sagte, benimm dich", knurrte Levi über seine Schulter und Jake lachte nur.

„Okay, okay." Jake grinste.

Olivia sah zu BJ und schüttelte nur den Kopf.

„Brüder", war alles, was sie sagte, doch ihre Lippe zuckte nach oben.

Sie kamen zu dem Bungalow. Sie eilte die Treppen hinauf wie eine Frau auf einer Mission und er fragte sich, was ihr durch den Kopf ging.

KAPITEL ACHT

Olivia drehte sich zu den Männern, die sie liebte, und zu BJ, dem Mann, den sie in der kurzen Zeit, in der sie sich jetzt kannten, begann, gernzuhaben, um.

„Okay, Jungs", sagte sie bestimmt. „Ihr alle habt mir Angst damit gemacht, dass ihr bereit seid, mit den Fotografen Krieg zu führen. Ich regle das. Das ist mein beruflicher Alltag."

„Nicht mehr." Levi deutete auf den Küchentresen, wo ein Stapel Boulevardmagazine über die Arbeitsplatte verteilt lag.

Olivias Herz rutschte ihr in die Hose, als sie eine

der Schlagzeilen las: „Hinter den Kulissen von Brad Pearson und Olivia Sinclairs Liebesabenteuer". Ihr Mund stand beim Anblick von Fotos mit Brad und einer Frau, wie sie ein Hotel betraten, entgeistert offen. Man konnte das Gesicht der Frau nicht sehen, aber sie war ähnlich gebaut wie Olivia. „Das bin nicht einmal ich", murmelte sie und schnappte sich dann eine weitere Klatschzeitschrift mit der Überschrift: „Olivia Sinclair wegen Affäre mit Brad Pearson von PR-Firma entlassen."

„Ich weiß nicht, wie das in Hollywood gemacht wird, aber hier geben wir auf uns Acht und wir lassen dich damit nicht allein."

„Levi, ich hab es verstanden. Ich muss einen Anruf tätigen, bevor du anfängst, jeden mit einer Kamera zu verhaften."

BJ lehnte sich gegen den Küchentresen und sagte nichts. Als sie ihr Telefon aus der Tasche zog und an ihm vorbei in ihr Schlafzimmer ging, legte er ihr eine Hand auf den Arm.

„Geht es dir gut?", fragte er verständnisvoll.

Sie nickte, wobei sie sich nur allzu bewusst war,

wie seine Berührung sie plötzlich dazu brachte, sich in seine Arme werfen zu wollen. „Mir geht's gut." Sie ging an ihm vorbei und in Richtung ihres Zimmers.

„Wir versuchen nur, dich zu beschützen", rief Levi offenkundig frustriert.

„Ich kann mich selbst beschützen", fauchte sie und verlor die Geduld. Sie schlug die Schlafzimmertür hinter sich zu und verschloss sie.

Sie rief umgehend ihre Chefin, Kate, an. Das hätte sie direkt nachdem der Skandal begonnen hatte, machen sollen. Es gab klare Richtlinien, dass es nicht erlaubt war, etwas mit einem Klienten anzufangen. Doch Kate wusste, dass Olivia diese Linie nicht übertreten würde. Sie wusste, dass die Vorwürfe nicht stimmten.

Kate meldete sich nach dem zweiten Klingeln.

„Kate, hast du die Boulevardzeitschriften gesehen?"

„Ja, und leider ist es wahr. Er ist unser größter Klient und so sehr ich dich mag, Olivia, vertritt unsere Agentur ihn in der Öffentlichkeit. Ich kann mir nicht leisten, ihn als Kunden zu verlieren."

Olivias rutsche das Herz in die Hose. Sie wusste, dass das, was Kate sagte, stimmte. Und plötzlich war es ihr gleichgültig. „Sicher. Natürlich kannst du das nicht."

„Es ist nur wegen des Geschäfts, Olivia."

Der Drang, etwas zu sagen, dass sie hinterher bereuen würde, war groß. Daher biss sie sich auf die Zunge, hielt ihre bitteren Worte zurück und sagte lediglich: „Das sind alles Lügen und das weißt du."

Olivia spürte das Stechen der Tränen, doch sie wischte sie mit dem Handrücken weg. Ihr war klar, dass Kate wirklich keine andere Wahl hatte, aber es tat dennoch weh. Sie hatte ihren Job gut gemacht und diesen wegen etwas zu verlieren, was gänzlich außerhalb ihrer Kontrolle lag und falsch war, gefiel ihr gar nicht.

„Wir wissen beide, dass Leute, vor allem Prominente, manchmal merkwürdige Sachen machen, um Aufmerksamkeit zu bekommen."

„Stimmt. Dennoch scheint das wirklich völlig daneben zu sein von Brad." Sie wusste auch, dass sie ohne ihn keine große Schlagzeile war. „Das wird vorübergehen. Ich bin momentan zu weit von Hollywood entfernt und je länger diese Typen hier auf Windswept Bay kampieren, desto geringer wird ihr

Einkommen. Sie werden nicht lange bleiben."

„Das stimmt. Bist du deswegen so weit weggegangen?"

Olivia dachte einen Moment darüber nach. „Das ist teilweise der Grund. Aber ich habe ehrlich gesagt bis heute nicht darüber nachgedacht. Unbewusst war mir klar, dass es mir helfen würde, weit weg von dem Trubel zu sein. Das hoffe ich zumindest. Doch ein Teil von mir war bereit, nach Hause zu kommen. Für mich ist es Zeit, zu überdenken, wo mein Leben hingeht und was ich will. Daher ist es okay, Kate." Plötzlich realisierte sie, dass es das war.

„Es macht mich dennoch nicht glücklich."

Kate war eine scharfsinnige Geschäftsfrau und am Ende ging es um die Tatsache, dass ihr Unternehmen daran gebunden war, wie sie und ihre Firma für ihre Klienten Leistung erbrachten. Das war eine traurige Wahrheit. Wenn sie sich dafür entschied, Olivia zu unterstützen, würde sie das Vertrauen ihrer Klienten verlieren und ihr Geschäft würde, wie Olivias Karriere gerade, den Bach runtergehen.

„Viel Glück", war alles, was Olivia sagte. Dann

beendete sie das Telefonat. Sie starrte aus dem Fenster und sah Jake zum Haus kommen.

Es klopfte an ihrer Schlafzimmertür. „Olivia", sagte Levi. „Wir müssen wirklich darüber reden."

Mit einem Seufzen ging sie zur Tür, um sie zu öffnen. „Gut. Lass es uns besprechen." Sie ging an ihm vorbei zurück in die Küche und weiter ins Wohnzimmer.

Jake kam herein. „Es war die Küstenwache. Dein Geheimnis ist also noch immer sicher. Ich, auf der anderen Seite, könnte heute womöglich ein Date haben."

„Das hättest du wohl gern", murmelte Trent.

„Lasst den Quatsch, ihr beiden", schnauzte Levi. „Was geht dir durch den Kopf, Olivia?"

Sie überflog die Gruppe. „Es sieht so aus, Jungs. Allein bin ich nicht gerade eine Story wert. Ohne Brad an meiner Seite, werden die Paparazzi nicht lange hier bleiben. Sie brauchen Fotos, die sie verkaufen können, um ihre Gehaltsschecks zu bekommen. Hollywoodstars zu verfolgen wird besser bezahlt als langweilige, reale Personen zu verfolgen. Geld wird hier also der entscheidende Faktor sein. Daher habe ich entschieden, dass ich ich selbst sein werde. Ich bin sichtbar, während ich meine alltäglichen Routinen mache. Sie werden bald gelangweilt und hungrig sein und dorthin zurückgehen, wo das Geld ist."

BJ sah aus als wäre er bereit, auf Eisen zu kauen. „Was ist, wenn sie hangreiflich werden? Du weißt, dass das nicht ausgeschlossen ist. Womöglich schubsen oder bedrängen sie dich. Oder versuchen, einen Wutausbrüchen von dir zu provozieren", fuhr er fort. „Du wirst keinen Schritt allein tun und das steht fest."

BJs teilnahmsvolle, beschützende Bemerkung blieb von Olivia nicht unbemerkt – und sie war sich sicher, auch ihren Brüdern und ihrem Vater war sie nicht entgangen.

Alle Augen richteten sich auf BJ. Sein Blick war unbeirrt, während er sie ansah. Seine Bemerkung hatte sie erschauern lassen.

„Ich weigere mich, Angst vor den Paparazzi zu haben." Sie hielt an ihrer Unabhängigkeit fest, obwohl sie es genoss, zu wissen, dass er sie beschützen wollte. „Ich habe oft Aussagen in Vertretung für meine Klienten gemacht. Ich habe sie benutzt, wenn ich Informationshäppchen durchsickern lassen wollte. Sie neigen nur selten dazu, übereifrig zu werden, und das ist dann keine gute Situation. Das ist mit mir jedoch noch nicht passiert."

Alle Männer unterbrach sie gleichzeitig.

„Kommt nicht infrage", knurrte Levi.

Ihr Vater sah nicht glücklich aus. „Wir sind genug, sodass dass du nicht allein rausgehen solltest."

„Aber –"

„Was ist, wenn ich dich zum Essen einlade?", sagte BJ. „Wir lassen die Paparazzi dich sehen und ein paar Fotos davon machen, wie ich dich begleite. Wir geben ihnen womöglich sogar eine neue Story für den alten, traurigen Brad."

Levi schlug ihm auf die Schulter. „Das ist die beste Idee, die ich heute gehört habe."

Und damit war es, einfach so, abgemacht.

BJ holte sie zum Abendessen ab und sie gingen in Richtung Stadt. Sie hatte wütend sein wollen, dass sie zu diesem Date gezwungen worden war, aber sie war es nicht. Sie hatte sich darauf gefreut, Zeit mit BJ zu verbringen. Trotz der Tatsache, dass sie ihre Familie liebte, gab ihr das Zusammensein mit BJ in dieser Situation eine Möglichkeit, um etwas Kontrolle zu behalten. Die Tatsache, dass sie in seiner Nähe sein und den Abend mit ihm verbringen wollte, war ein Pluspunkt. Und dass er in ihrer Nähe sein wollte, entfachte in ihr eine wohlige Wärme.

Das erste, was sie sah, als sie sich dem Resort näherten, war die Ansammlung von Paparazzi, die an der Ecke mit ihren Kameras warteten. Bei deren Anblick zog sich ihr Magen zusammen. *Warum war das so?* Sie hatten sie zuvor noch nie nervös gemacht, andererseits war sie noch nie in irgendeiner Story involviert gewesen. Ihr Name hatte noch nie in den Schlagzeilen gestanden. In ihre Privatsphäre war zuvor nie eingegriffen worden und es gab ihr eine neue Perspektive auf das, was ihre Klienten erlebten. Es war befremdlich, das ließ sich nicht leugnen.

„Wo willst du zu Abend essen?", fragte BJ als wäre das eine normale Abendverabredung.

Sie lachte über diese unbefangene Frage und ihre Anspannung löste sich leicht. „Gute Frage." Er blieb an der roten Ampel in Sichtweite des Resorts stehen. „Wir könnten ins Resort gehen oder die Straße entlang zu Casablanca."

„Aber sie warten auf dich am Resort und hierbei geht es doch darum, dass sie dich sehen, oder nicht?"

Bei seinen Worten überkam sie Enttäuschung. „Ja, du hast Recht. Wir gehen in das Resort. Immerhin werden meine Schwestern davon etwas Publicity bekommen."

„Ich habe gehört, es gibt dort wirklich gute Restaurants."

„Ja, Mom und Dad haben immer dafür gesorgt, dass das Essen herausragend war, und meine Schwestern haben diese Handhabe fortgesetzt. Das Windswept Bay Resort ist nicht nur wegen seiner Unterbringung ein Ausflugsziel, sondern auch wegen seiner Küche." Es stimmte. „Das Restaurant, von dem aus man den Strand überblicken kann, wäre vielleicht eine gute Wahl für uns. Es ist leger und hat eine tolle Atmosphäre. Außerdem wir wären vom Strand aus für die Schaulustigen sichtbar."

Er lächelte. „Das klingt perfekt. Lass uns das

machen und ihnen wirklich etwas geben, worüber sie reden können.

Sie war von seiner Aussage überrascht. „Okay", sagte sie, wobei sie sich nicht wirklich sicher war, was ihm dabei durch den Kopf ging. Das Funkeln in seinen Augen, während er weiterfuhr, als das Licht grün wurde, machte sie etwas nervös. „Ich hoffe, du weißt, dass sie nicht *zu* viel zusätzlich zum Reden brauchen."

Er lachte und bog in die Auffahrt des Resorts ein. „Kneifst du etwa?"

„Nein. Ich bin mir nur nicht sicher, was dir vorschwebt."

„Mir schwebt vor, eine wunderschöne Frau an einem romantischen Abend mit Mondschein unter den Sternen zum Essen auszuführen."

„Oh." Bei seinen Worten wurde sie ganz aufgeregt.

„Und ich werde zurückhaltend sein, versprochen. Wir werden alles spontan entscheiden."

Er parkte unter dem Säulenvorbau und sofort öffneten die Windswept Bay Portiers die Türen und hießen sie im Resort willkommen. Bevor irgendetwas anderes gesagt werden konnte, rief jemand ihren Namen und der Ansturm begann. Alle Kameraleute stürmten durch die Büsche und Blumenbeete. Einer sprang sogar über einen Haufen Koffer, in dem Versuch, der erste bei ihr zu sein. Er hielt ihr sofort seine Kamera ins Gesicht und begann Fotos zu schießen, während er ihr Fragen zurief.

Der Portier wurde von einem anderen Mann und seiner Kamera aus dem Weg geschoben. Innerhalb von Sekunden wurde Olivia, ohne Ausweg aus der Masse, gegen die offene Autotür zurückgedrängt.

„Wie fühlt es sich an, die Aufmerksamkeit des ganzen Landes als Brad Pearsons Freundin zu haben?"

„Stimmt es, dass Sie von ihm schwanger sind?"

„Was?", fauchte sie und versuchte, sich auf die Person zu konzentrieren, die diese lächerliche Frage gestellt hatte.

„Wie lange geht die Affäre schon?", rief jemand anderes.

Sie kannte das Geschäft, wusste, wie sie sich verhielten, aber das war das erste Mal, dass sie selbst im Fokus stand. Es war überwältigend.

BJ eilte um das Auto herum und drängte sich jetzt

durch die Menge. „Gehen Sie zurück", knurrte er und stieß sie mit den Ellbogen grob zur Seite, als er bei ihr ankam und sie abschirmte. „Gehen Sie jetzt zurück oder jemand wird gleich über dieses Auto geworfen."

„Wer sind Sie?"

„Ist das eine Drohung?"

„Sie haben Recht, das ist es. Und sie ist ernst gemeint. Jetzt treten Sie zurück."

Emotionen wallten in ihr auf, so wie er sie verteidigte. Sie fand keine Worte, während er neben sie trat und die Fotografen ihr den Freiraum gaben, den er gefordert hatte. Sie sah zu ihm auf; sein Gesichtsausdruck war wütend, als er einen muskulösen Arm um ihre Schultern legte.

„Geht es dir gut?", fragte er sanft und sie nickte. In dem Moment wollte sie nur eines und das war, ihn zu küssen. „Gut. Tut mir leid – sie haben mich mit ihrem Ansturm überrumpelt."

„Ist okay", brachte sie schließlich hervor. „Du bist hier und ich bin froh, dass du bei mir bist."

„Ich hätte es nicht anders gewollt." Er lehnte sich

nach unten, um ihr ins Ohr zu flüstern: „Du schaffst das. Ich leiste dir nur ein wenig Unterstützung."

Sie lächelte und genoss seinen warmen Atem auf ihrer Haut. Sie sah in seine Augen, als er seinen Kopf zurücklehnte und lächelte. Sie konnte die Kameras klicken hören, doch das war ihr egal.

„Hey, wer sind Sie?", fragte ein Mann, während er einen Schritt vortrat und eine Nahaufnahme machte.

„Ich bin der Typ, dem es nicht gefällt, Ihre Kamera in meine Nasenlöcher gehalten zu bekommen. Treten Sie jetzt zurück", blaffte BJ.

„Hey man, werden Sie nicht bedrohlich –"

„Wir halten das zivilisiert, wenn Sie auf Abstand bleiben. Ich habe kein Problem damit, Ihnen Ihre Kameras wegzunehmen. Miss Sinclair wird Fragen beantworten, wenn sie sich danach fühlt. Falls nicht, werden wir mit unserer Verabredung zum Abendessen fortfahren. Jetzt geben Sie der Lady etwas Platz."

„Hey, wir haben einen Job zu erledigen."

„Habe ich gesagt, dass mich Ihr Job interessiert?", konterte BJ. „Mich interessiert nur Olivia."

Olivias Herz raste bei seinen Worten und auch wenn sie nicht zu ihm aufsah, konnte sie sich die eisige Warnung in seinen Augen vorstellen, während die Kameraleute Abstand hielten. *Das war alles fast zu viel.*

Sie hielt ihre Hand hoch. „Okay, alle beruhigen sich jetzt mal. Ich werde mit Ihnen sprechen. Ich werde eine Frage nach der anderen beantworten, wenn ich kann. Aber ich werde Ihnen sagen, dass da nichts zwischen mir und Brad Pearson läuft. Ich bin mir nicht ganz sicher, warum Brad sich an diesem Tag entschieden hat, mich zu küssen oder warum er weiterhin Dinge behauptet, die ganz klar reine Hirngespinste seines kreativen Geistes sind. Er hat seine Gründe, mit denen ich nicht vertraut bin. Für derartige Antworten werden Sie sich an ihn wenden müssen. Und er ist nicht hier."

„Warum waren Sie mit ihm in diesem Hotel?"

„Viele von Ihnen wissen, dass ich nur seine Medienvertreterin, seine Medienkontaktperson war. Wir haben über den Stand seiner exzessiven Partyerlebnisse von der vorherigen Nacht beraten. Das war's. Genau wie alle von Ihnen von dem Kuss an dem Tag überrascht waren, war ich es ebenfalls. Wie ich meiner Familie und meinen Freunden sagte, hat mich dieser Kuss überrumpelt. Der Kuss hat mir absolut nichts bedeutet. Und ihm auch nicht. Im Gegensatz zu dem, was er Sie glauben machen will."

„Was meinen Sie mit überrumpeln?"

„Genau das. Es kam völlig aus dem Nichts. Zwischen uns gibt es keinerlei Romantik."

Bei den ungläubigen Mienen auf den Gesichtern der Reporter hätte sie beinahe gelacht.

„Wir sollen glauben, dass Sie mit ihm in diesem Hotelzimmer waren und *nichts* gelaufen ist. Wohl kaum!"

BJ zog sie sofort enger zu sich. „Mir gefällt Ihr Unterton nicht", forderte er den Sprecher heraus.

Olivia legte ihre Hand auf seine Brust und streichelte ihn. Sie sah zu ihm auf und lächelte. Damit hoffte sie, ihn zu beruhigen, und weniger Aufmerksamkeit auf sich zu ziehen. Sie brauchte keinen Faustkampf auf den Titelseiten der Klatschmagazine.

In dem Moment, als er zu ihr hinunterblickte, brach

ein Blitzlichtgewitter aus und zu spät realisierte sie, was für ein Foto sie ihnen gerade geliefert hatten. Die romantische Umarmung, in der sie sich scheinbar befanden, würde das Cover und den Mittelteil der Boulevardzeitschriften füllen. Zu ihrer Überraschung lächelte BJ zu ihr hinunter und zwinkerte ihr zu. Für einen Moment dachte sie, er würde sie küssen. Er neigte sein Kinn, hielt dann inne und zog seinen Kopf zurück. Anstatt sie zu küssen, drückte er sie sanft und konzentrierte sich dann wieder auf die Menge.

„Wenn ihr Jungs eine Story haben wollt, finden Sie sie nicht hier. Ich kann Ihnen versichern, dass Olivia von diesem Kuss überrumpelt wurde, weil sie mit mir zusammen ist, und ich kann Ihnen garantieren, dass sie nichts von Brad Pearson will."

Bei seinen Worten rang Olivia nach Luft und dann, bevor sie ihre Gedanken sortieren konnte, überrumpelte BJ sie selbst mit einem Kuss.

Sie wollte wütend sein. Das war sie wirklich, aber in dem Moment konnte sie sich nur an ihm festhalten und stillhalten, während die Kameras klickten und sie den Kuss ihres Lebens genoss.

Es war mehr als der Kuss auf dem Boot. Dieser Kuss war leidenschaftlich, überwältigend und machte jedem Zuschauer klar, dass sie seine Frau war.

Die Boulevardmagazine würden morgen ihre wahre Freude haben.

Doch das war ihr gleichgültig. BJ hatte die Fotografen herausgefordert und sie schlang instinktiv ihre Arme um seinen Hals und hielt sich an ihm fest.

KAPITEL NEUN

Er hatte seinen Verstand verloren, folgerte er auf halber Strecke des Kusses mit Olivia. *Das war ihr Ruf und er handelte genauso wie dieser Idiot Pearson.*

Außer, das ihm klar wurde, dass er Olivia für den Rest seines Lebens küssen könnte.

Aber das könnte sie verletzen.

Langsam kam er wieder zu Sinnen. Er sah zu ihr hinunter und machte sich auf Empörung gefasst.

Stattdessen lächelte sie. „Nun ja", flüsterte sie, „als du sagtest, lass uns denen etwas geben, worüber sie reden können, hast du ihnen nun wirklich etwas zum

Reden gegeben."

„Das könnte dir noch mehr Schwierigkeiten verursachen."

„Im Moment ist mir das völlig gleichgültig." Zu seiner Überraschung zog sie dann seinen Kopf heran und küsste ihn leidenschaftlich.

„Werdet ihr beiden das den ganzen Tag tun?", rief jemand.

Olivia schmunzelte gegen BJs Lippen. „Vielleicht."

Er lächelte in die Kameras. „Wenn wir wollen. Wir sind nicht Ihre Unterhaltung. Sie können gehen, wann immer Sie wollen."

Olivia kicherte und BJ brach wegen der erstaunte Gesichter der Kameraleute fast in Lachen aus.

Er sah zu ihr hinunter. „Ich könnte dich den ganzen Tag küssen und sie immer und immer wieder dasselbe Foto schießen lassen, aber ich bin am Verhungern. Wie sieht es bei dir aus?"

Sie nickte. „Lass uns reingehen."

Während er sie nahe bei sich hielt, drängte er sich durch die Kameramänner. Ein älterer Mann stand neben den Portiers und winkte sie durch die offene Tür.

„Horace", rief Olivia aus. „Danke dir."

„Komm hier herein, junge Dame. Wir werden uns darum kümmern."

Olivia wollte ihn umarmen, entschied aber, dass es das Beste war, hineinzugehen. Das war eine sehr unerwartete Wendung der Ereignisse gewesen.

„Danke", sagte BJ zu dem älteren Mann, den Olivia Horace genannt hatte. Er nickte kurz und schob sie dann durch die Tür, welche sich sofort hintern ihnen schloss. BJ blickte zurück und sah, wie sich mehrere Portiers und Pagen vor die Türen stellten. Das Fiasko war vorbei. Zumindest für den Moment.

„Wer war dieser Mann?"

„Das ist Horace Finley. Er ist der Handwerker und Hausmeister hier im Resort, seitdem ich ein kleines Mädchen war. Er wird sich darum kümmern, dass die Pagen sie vom Eingang fernhalten. Der Strand ist allerdings öffentlich, davon kann er sie nicht fernhalten. Wir könnten also noch mehr aufdringliche Fotografen erleben." Sie lachte.

„Na ja, ich verspreche dir, dich nicht wieder zu küssen. Ich hoffe, ich habe dir das Leben nicht noch schwerer gemacht."

Sie neigte ihren Kopf und sah ihn mit großen Augen an. „Und was, wenn ich will, dass du mich nochmal küsst?"

„So sehr mir das gefallen würde, mache ich mir Sorgen, was diese Typen morgen auf den Titelseiten dieser Zeitschriften platzieren werden."

„Und? Ich habe meinen Job verloren. Mein Ruf ist bereits ruiniert. Also was würde ein Kuss mehr ausmachen? Und dieser hat mir besonders gefallen."

„Hey ihr beiden", rief Cali vom oberen Stockwerk aus. „Das war vielleicht eine Show, die ihr dort draußen abgeliefert habt."

„Wie hast du uns gesehen?", fragte BJ und dann dämmerte es ihm – sie hatten Sicherheitskameras.

„Bitte lächeln, ihr seid bei *Versteckte Kamera.*" Sie lachte. „Kommt hier hoch. Jillian telefoniert mit dem Restaurant, um euch einen Tisch zu besorgen."

„Lasst die Spiele fortfahren." Olivia kicherte und

ging den Weg durch die kleine Gruppe in der Hotellobby und die Wendeltreppe hinauf.

„Ihr beiden wart dort draußen ziemlich kuschelig miteinander. Wollt ihr morgen die Boulevardzeitschriften aufstacheln?", fragte Cali, sobald sie sie erreicht hatten.

„Es ist einfach passiert", erklärte Olivia ihrer älteren Schwester.

BJ sagte nichts und ließ die Schwestern reden. Er konnte sich nur vorstellen, welche Schwierigkeiten morgen zutage treten würden, wenn Olivias Brüder und ihr Vater die Zeitschriften sahen. Er war sich recht sicher, dass sie über die Fotos nicht lachen würden. Die Schwestern schienen damit locker umzugehen und eigentlich begeistert von der Situation zu sein, wenn man bedachte, dass sie das Abendessen arrangierten. Das war verwirrend.

„Wir haben angenommen, dass ihr in der Nähe vom Strand essen wollt, daher haben wir für euch den besten Tisch vorbereiten lassen. Falls die Kameraleute ein weiteres Foto wollen, werden sie sich darum bemühen müssen."

Jillian legte auf, als sie hineinkamen. „Also, Levi hat uns über den Plan in Kenntnis gesetzt, daher haben wir gewartet. Jetzt ist alles startklar. Er hat uns allerdings nicht gesagt, dass ihr vorhabt, neue Gerüchte zu streuen." Jillian und Olivia sahen beinahe identisch aus... und für die meisten Menschen waren sie das. Doch BJ kannte das Funkeln in Olivias Augen und die Art, wie sie Dinge bedachte, ehe sie sprach. Er kannte Olivia in und auswendig. Auch Jillian war schön, aber von dem Moment an, als er sie im Krankenhaus während Gages Notoperation kennengelernt hatte, hatte er nie irgendetwas anderes für sie empfunden, als dass sie eine nette Person war.

Bei Olivia hatte er seit diesem Morgen, als sie auf dem Dach festgesessen, er ihre Hand berührt und in ihre Augen geschaut hatte, sofort die Chemie zwischen ihnen gespürt.

„Danke, dass du das getan hast, BJ", sagte Jillian und riss ihn aus seinen Gedanken.

„Gern geschehen", sagte er. „Wir wussten, dass sie

hier lagerten. Wir hatten darüber nachgedacht, dass sie uns finden sollten, aber uns dann dafür entschieden, es ganz deutlich zu machen und es hinter uns zu bringen."

Cali und Jillian grinsten über das ganze Gesicht.

„Oh, ihr wart deutlich." Cali kicherte.

„Ich hoffe, ich habe Olivia mit dem, was dort draußen passiert ist, das Leben nicht noch schwerer gemacht."

Jillian und Cali musterten Olivia, die vollkommen gefasst aussah.

„Sie sieht für mich in Ordnung aus", zwitscherte Cali.

„Für mich auch", stimmte Jillian zu. „Jetzt los. Der Abend ist jung und in Windswept Bay liegt Romantik in der Luft."

Er war sich nicht sicher, was er dazu sagen sollte und hatte auch keine Zeit. Cali hielt eine Tür offen, Olivia nahm seinen Arm und führte ihn nach draußen auf eine Treppe.

Irgendwie bekam er das Gefühl, dass er schließlich doch die Kontrolle über den Abend verloren hatte. Aber er war mehr als bereit für etwas Zeit mit ihr allein.

Die Sonne stand über dem Wasser, als sie die Holzbrücke entlanggingen, die zu dem bezaubernden Außenrestaurant führte, von wo aus man den Strand und das Wasser überblicken konnte. Die von Kerzenschein erleuchteten Tische auf der Terrasse waren sehr romantisch. Olivias Bauch kribbelte, während sie sich vorstellte, mit BJ jetzt zumindest ein wenig Privatsphäre zu haben.

Ihre Tischdame war Blair, ein nettes Mädchen, das Olivia nicht kannte. Sie führte sie zu einem Tisch in der Ecke der Terrasse. Eine große Pflanze separierte den Tisch von den anderen.

BJ blieb davor stehen. „Steht die immer hier?"

„Es ist ehrlich gesagt eine Weile her, dass ich hier war, aber ich habe den heimlichen Verdacht, dass die Pflanze vor wenigen Augenblicken auf Geheiß aus dem Hauptbüro hier hingestellt wurde."

„Ich fand, sie steht an einer komischen Stelle. Aber

ich bin froh, dass sie da ist. Deine Schwestern scheinen den Abend fast so sehr zu genießen wie ich." BJ grinste und rückte Olivias Stuhl zurecht, damit sie sich setzen konnte.

„Ich denke, du hast Recht." Olivia lächelte die Tischdame an, als sie die Menükarte von ihr entgegennahm. „Vielen Dank für das Arrangement."

„Oh, sehr gern. Und falls Ihnen der Fels dort aufgefallen ist", sie deutete auf den Strand und den felsigen Bereich hinaus, „der macht es neugierigen Leuten schwer, neugierig zu sein."

BJ lachte. „Nun, schau sich das einer an. Sie werden sich ziemlich anstrengen müssen, wenn sie ein Foto von diesem Abendessen schießen wollen."

„Ganz recht, Sir, das ist der Plan."

„Deine Schwestern haben einen verrückten Sinn für Humor. Das gefällt mir."

Olivia blickte sich um. „Ich frage mich, ob sie sich irgendwo versteckten und darauf warten, ob einer der Kameraleute ordentlich nass wird, wenn die Flut kommt."

BJ sah überrascht aus. „Du meinst, sie werden dort rausgehen und dann nass werden?"

„Oh, nicht allzu schlimm. Nur ein bisschen, wenn sie nicht weg sind, bevor es dunkel wird."

„Okay, solange es nicht zu gefährlich ist und wir nicht dort raus müssen, um jemanden zu retten, dann ist es vermutlich in Ordnung. Das Letzte, was wir brauchen, ist, in den Schlagzeilen zu sein, weil wir jemanden in Gefahr gebracht haben."

Olivia tätschelte seinen Arm. „Hör auf, dir Sorgen zu machen. Das sind große Jungs und sie müssen nicht auf die Felsen klettern. Sie haben genug Fotos und Zitate. Sie haben, was sie brauchen, also können sie jetzt nach Hause gehen." Und Olivia meinte es so. Sie hatte genug von ihnen. Was sie wollte, war, den Abend mit BJ ohne Störungen zu verbringen.

BJ bedeckte ihre Hand mit seiner. „Ich habe jeden Moment dieses unerwarteten Tages genossen. Und ich versichere dir, falls du für die Kameras noch mehr Küsse brauchst, bin ich dabei. Ich bin dein Mann, Olivia Sinclair."

Olivias Haut prickelte und ihr Herz hämmerte bei seinen Worten. Sie hatte Schwierigkeiten, dass man ihre Gefühle nicht auf ihrem Gesicht ablesen konnte. „Aber du sagtest, mehr Küsse würde es nicht geben", sagte sie atemlos.

Er seufzte. „Ein Mann wird tun, was er tun muss. Wenn die Notwendigkeit also besteht, bin ich voll dabei."

Wie konnte dieser Mann jede Faser ihres Wesens zum Lachen bringen? „Das hoffe ich doch."

„Ich auch."

Vielleicht wollte sie gar nicht, dass die Paparazzi jetzt schon weggingen.

KAPITEL ZEHN

Olivia wachte am nächsten Morgen mit einem Lächeln auf.

Sie war früh wach und trank eine Tasse Kaffee, während sie auf der Terrasse saß und den Sonnenaufgang und die Gedanken an den wundervollen gestrigen Tag genoss.

Das Abendessen war fantastisch gewesen, auch wenn sie hätte Pappe essen können und sie hätte es nicht bemerkt. BJ war hypnotisierend. Sie hatten sich schnell in der Unterhaltung verloren und die Kameras, die vielleicht oder vielleicht auch nicht Fotos von ihnen geschossen hatten, tatsächlich vergessen. Sie hatten nicht einmal darauf geachtet, ob es sich irgendjemand traute, raus auf die Felsen zu klettern und zu riskieren, von der Flut überrascht zu werden.

Sie hatte ihn erneut nach seinen Gefühlen gefragt, nachdem er herausgefunden hatte, dass er einen Bruder hatte. Und ihr war sofort klar geworden, dass sie damit einen Nerv getroffen hatte.

Er war angespannt geworden. „Es ist schwer zu begreifen, dass man eine Familie hat, von der man ferngehalten wurde. Ich habe das Gefühl, von meiner Mutter betrogen worden zu sein und möchte nicht gern darüber nachdenken. Andererseits frage ich mich, warum sie mich genommen und davongelaufen ist? Nicht nur davongelaufen – sie hat mich versteckt. Warum?"

Olivia fragte sich das auch.

Vielleicht hatte der Anwalt die Antworten, die BJ brauchte.

Er und Lilly hatten nach dem Tod ihrer Eltern ihre Träume verfolgt, doch Olivia konnte sehen, dass er seine Schwester vermisste. Olivia hoffte, dass sie irgendwann einmal nach Windswept Bay kommen würde.

Sie hoffte auch, dass die beiden Brüder, wenn Gage und Shar in zwei Tagen aus ihren Flitterwochen zurückkamen, damit anfangen konnten, eine Bindung aufzubauen.

Olivia spürte, dass sie bereit war, etwas Zeit mit ihren Eltern und auch Geschwistern zu verbringen. Zeit, in der Paparazzi keine Rolle spielten. BJs Situation gab ihr eine neue Perspektive auf ihre eigene Familie. Sie war froh, zuhause zu sein. Als sie ihren Kaffee ausgetrunken hatte, stand sie auf und ging nach drinnen. Es war Zeit, sich anzuziehen. Sie würde Zeit mit ihrer Familie verbringen, während sie versuchte, herauszufinden, was sie mit ihrem Leben anfangen würde, nachdem sich der ganze Skandal verzogen hatte.

BJ war früh rausgefahren, um in Ruhe etwas Zeit auf dem Meer zu verbringen. Das war seine Lieblingszeit des Tages, vor allem dann, wenn er nachdenken musste.

Er würde bald ein paar Charteraufträge zum Angeln verbuchen müssen, um sein Konto aufzufüllen. Aber noch nicht. In seinem Leben war momentan so viel los, dass er etwas Zeit brauchte.

Die Tatsache, dass er ein Vermögen geerbt hatte, schien noch immer surreal. Er konnte sich kaum dazu durchringen, die Vorstellung zu akzeptieren. Selbst fast zwei Wochen nachdem er davon erfahren hatte.

Er verdiente gutes Geld mit seinen Charteraufträgen. Sicherlich nichts in der Größenordnung von Wohlstand. Aber er hatte ein Leben, um das ihn die meisten Menschen beneiden würden. Er hatte alles, was er wollen könnte. Zudem hatte er die Freiheit, hinzugehen wohin und wann immer er wollte. Das war unbezahlbar.

Zu wissen, dass er jetzt mehr hatte als er jemals in seinem Leben brauchen oder verwenden würde, war beunruhigend. Er musste mit dem Anwalt sprechen. Morgen würde früh genug kommen, sagte er sich. Aber er war bereit. Es war an der Zeit, alles zu ordnen. Er hatte wichtigere Dinge als Geld und eine Erbschaft, auf die er sich konzentrieren wollte. Er hatte Olivia, auf die er sich konzentrieren wollte.

Sie war hinreißend und er bekam sie nicht aus dem

Kopf. Sie war ständig da. Alles andere war in eine Nische seiner Gedanken gequetscht, während sie alles andere mit ihrem Esprit und Charme und ihrer liebenswerten Art ausfüllte.

Und sie war liebenswert.

Wenn er sie haben könnte, würde er alles andere aufgeben, selbst sein Boot und seinen Lebensstil. Er war nicht ins Bett gegangen, nachdem er sie nach einem tollen dreistündigen Abendessen, bei dem sie über alles Mögliche gesprochen hatten, nach Hause gebracht hatte. Und sie hatten viel miteinander gelacht, was er dringend gebraucht hatte.

Und er wusste, dass er alles nötige tun würde, um herauszufinden, ob für sie beide die Chance bestand, dass mehr aus ihnen wurde, nachdem sich ihre beiden Leben beruhigt und sie ihr Gleichgewicht wieder gefunden hatten.

Es bestand kein Zweifel, dass er sich in sie verliebte.

Er dockte gegen acht Uhr mit dem Boot an und sicherte es am Anleger, während er einen Blick zu Shars Haus warf in der Hoffnung, Olivia auf der Terrasse mit einem Kaffee zu entdecken. Was er sah, erschütterte ihn bis ins Mark.

Ein Mann war halb versteckt in den Bäumen und beobachtete die hintere Terrasse. Wenn er kein rotes T-Shirt getragen hätte, hätte BJ ihn nicht entdeckt. *Welcher professionelle Schnüffler trug ein rotes Shirt, wenn er sich in den Büschen versteckte?* BJ wartete nicht darauf, die Antwort herauszufinden. Er rannte über den Sand und hoffte, er schaffte es zu der Baumreihe, bevor der Mann sich umdrehte und ihn entdeckte.

Er hatte ihn offensichtlich nicht mit dem Boot hereinfahren hören und BJ befand, dass das womöglich ein wenig Hilfe von Gotteshand war.

Als er die Bäume erreichte, bewegte er sich leise und langsam, während er durch die Büsche zu einer Stelle ging, die nur etwa drei Meter von dem Kerl entfernt war.

„Hände hoch und nicht weglaufen oder ich schieße", knurrte er bluffend, da er keine Waffe bei sich trug.

Der Mann erstarrte und ließ seine riesige Kamera fallen. „Nicht schießen", sagte er. „Ich bin unbewaffnet." Zum Glück für ihn war seine Kamera an einem Band um seinen Hals befestigt, das sie davor bewahrte, auf den Boden zu fallen.

So oder so hatte BJ kein Mitleid. Er nahm an, dass die Fotos auf der Kamera als Beweis genutzt werden könnten, falls sie einen brauchten.

„Sie sind ein Eindringling, der meine Freundin ausspioniert", stellte BJ klar.

„Nein, ich bin auf dem Strand. Das ist kein Privatgrundstück."

„Von meinem Standpunkt aus ist das mehr Gras als Sand unter Ihren Füßen." BJ zog sein Telefon hervor. „Ich werde das melden. Sie bleiben genau dort."

„Nicht nötig. Ich bin hier." Levi kam um die Ecke des Bungalows gelaufen. Er sah nicht glücklich aus. Er war nicht rasiert und seine Augen waren dunkle Schlitze, als er die Handschellen von seinem Gürtel nahm.

„Sie sind auf Privatgrundstück und wurden aus verschiedenen Winkeln von Überwachungskameras aufgenommen. Sie werden etwas Zeit in meinem Gefängnis verbringen. Sie und Ihre Freunde haben mich von meinem Schönheitsschlaf abgehalten und wissen Sie, was passiert, wenn ich meinen Schlaf nicht kriege? Ich werde unleidlich, habe keinen Sinn für Humor und auch keinerlei Nachsicht. Das bedeutet, dass alle ins Gefängnis gehen. Keine zweite Chance."

„Kommen Sie schon, man. Ich muss auch bezahlt werden, das wissen Sie. Ich mache nur meinen Job."

Levi packte ihn am Arm, drehte ihn um und ließ die Handschnellen zuschnappen. „Darüber hätten Sie nachdenken sollen, bevor Sie mit dem Schnüffeln anfingen. Sie brauchen eine neue Arbeit. Denn in meiner Rechtsprechung verstoßen Spanner gegen das Gesetz."

„Ich bin kein Spanner –"

„Halten Sie den Mund, man. Sie sind bei mir bereits unten durch."

„Von hier an übernimmst du, nehme ich an?", fragte BJ.

„Ich hab ihn. Ihn und Kopfschmerzen." Er warf BJ einen finsteren Blick zu. „Danke, dass du nach Olivia schaust."

„Mach ich gern."

„Über diesen Kuss sprechen wir später", schoss

Levi zurück.

„Was?"

„Die Boulevardzeitschriften sind raus und du und meine Schwester ihr seid überall zu sehen. ‚Der Kuss, der nicht endete' war eine der Schlagzeilen."

„Oh, *der* Kuss." BJ grinste.

„Ja. Nennst du das, dich um sie kümmern?"

„Eigentlich ja. Aber ich verstehe, dass du sauer bist. Glaub mir, meine Absichten sind aufrichtig."

Levi hob eine Augenbraue und schubste den murrenden Kameramann dann leicht vorwärts. „Ich weiß nicht, ob es dir aufgefallen ist, aber meine Schwester ist eine erwachsene, unabhängige Frau, die sehr gut in der Lage ist, ihr Leben selbst auf die Reihe zu kriegen. Der einzige Grund, warum ich bei den Paparazzi dazwischenfunke, ist, weil es in meinen Augen um Stalking geht. Und es nicht ihre Entscheidung war. Ich persönlich glaube, dass ihr beide gut zusammenpasst. Richte ihr aus, dass ich gesagt habe, sie sollte ihre Rollläden schließen." Und dann führte Levi den verdutzten Fotografen um die Ecke des Hauses und außer Sicht.

BJ starrte ihnen einen Moment lang nach, ging dann zu der hintere Terrasse und wollte an die Tür klopfen. Sie flog auf, bevor er klopfte.

„Ich habe gerade mit Levis Bereitschaftszentrale telefoniert. Habt ihr ihn?"

„Er ist auf dem Weg ins Gefängnis mit deinem Bruder."

„Gut. Wo kommst du her?"

„Vom Bootsanleger. Ich habe ihn von dort aus entdeckt und mich an ihn herangeschlichen."

„Und ich habe es verpasst. Ich wette, du hast ihn zu Tode erschreckt."

„Hast du je innegehalten und gedacht, er wäre womöglich gefährlich?", fragte BJ. Sein Gemüt erhitzte sich plötzlich.

„Er hatte eine große Kamera mit einem enormen Weitwinkelobjektiv. Hast du das Ding gesehen?"

„Okay, du hast Recht damit. Ich dachte, sie würde ihm den Atem verschlagen, als er sie fallen ließ und sie gegen seine Brust schlug." Er lächelte und zog sie in seine Arme. „Sind Schwierigkeiten die ganze Zeit so hinter dir her?"

„Nein. Normalerweise bin ich ziemlich langweilig. Ich weiß, das ist schwer zu glauben, aber es stimmt. Wirklich."

„Das glaube ich, wenn ich es sehe. Meine bisherigen Erfahrungen mit dir waren eine Eskapade auf dem Dach und Tage voller Paparazzi. Ich mache mir einfach einen Spaß daraus, zu warten, was die nächste, aufregende Folge der *Olivia Sinclair Reality Show* bringt."

Sie guckte böse. „Witzig."

„Unterhaltsam."

Sie schüttelte den Kopf. „Na ja, heute werde ich nicht deine Unterhaltung sein. Ich schleiche mich zu einer heimlichen Verabredung mit meiner Mom und meinem Dad raus. Wir haben den Medien eine Story geliefert und jetzt werde ich für ein paar Tage untertauchen. Hoffentlich sind sie weg, wenn ich in zwei Tagen wieder auftauche."

„Du gehst weg?"

„Ich habe mich mit meinen Eltern für ein paar Tage in Naples verabredet. Wenn ich Glück habe, werden alle gelangweilt sein, hier herumzuhängen, und verschwunden sein, wenn wir zurückkommen. Und wenn Gage und Shar nach Hause kommen, wird in Windswept Bay wieder alles beim Alten sein."

„Wie kommst du nach Naples? Soll ich dich bringen?"

„Du bist gestern über deine Pflichten hinausgegangen und das weiß ich sehr zu schätzen. Aber heute gebe ich dir einen Tag frei. Jake kommt vorbei und holt mich ab. Er wird mich runter nach Naples fahren. Außerdem musst du dich auf deinen großen Ausflug morgen mit dem Anwalt vorbereiten. Entspann dich. Jake kann auch auf mich aufpassen. Ich sehe die Sorge in deinen Augen."

Es stimmte. Aber er musste dem zustimmen – Jake sah so aus als könnte er sehr gut auf sich selbst aufpassen. Von dem, was er mitbekommen hatte, war Jake einige Zeit beim Militär gewesen und besaß jetzt einen Tauchshop. BJ wusste, dass Olivia in guten Händen war.

Er war selbst nur nicht bereit, sie loszulassen.

„Okay, Jake wird auf dich aufpassen", willigte er ein und küsste dann ihre Stirn. Und er musste sich auf morgen vorbereiten.

„Machst du dir noch immer Sorgen, was der Anwalt zu sagen hat?"

„Ich bin hin- und hergerissen", gab er zu. „Aber entgegen dem, was du vielleicht glaubst, habe ich letzte Nacht sehr wenig Zeit damit verbracht, mir darüber Sorgen zu machen. Ich war mit den Gedanken bei etwas anderem oder jemand anderem." Er bekämpfte den Drang, sie zu küssen.

Olivias Augen wurden neblig grün. „Ich denke, dass das zwischen uns vielleicht etwas schnell geht."

Er bemerkte, dass sie das nicht ablehnte. Sie stellte es nur fest.

„Ich komme damit klar, es langsamer anzugehen", sagte er ohne Zögern. „Was auch immer nötig ist."

„Ich denke, dann sind wir uns einig. Ich geh zu meiner Mom und meinem Dad, verbringe etwas Zeit mit ihnen und gebe dir die Zeit, das, was du morgen erfährst, zu verarbeiten."

Er nickte langsam und dann nahm er ihr Gesicht zärtlich in seine Hände. Sein Herz taumelte als würde es über sich selbst stolpern, während ihr Blick seinem standhielt. „Du faszinierst mich, Olivia." Und dann eroberte er ihre Lippen mit seinen.

Es war ein kurzer, aber nachklingender Kuss, den er weitaus früher beendete als er wollte. „Ich hoffe, mehr davon zu bekommen, wenn ich dich das nächste Mal sehe."

„Wir gehen es langsamer an." Ihre Augen funkelten erneut.

„Aber wir entwickeln uns nicht zurück."

Sie lachte leise. „Wir werden sehen", neckte sie.

Sein Herz schmolz dahin.

KAPITEL ELF

„**D**u hattest Recht", sagte Larry Stewart am nächsten Tag stolz, als er einen Blauflossenthunfisch von stattlicher Größe hochhielt. „Das hätte vor langer Zeit auf meiner Bucketliste stehen sollen. Ich habe angebissen." Er schmunzelte über sein Wortspiel.

Der Anwalt war in seinen Siebzigern und hatte eine gediegene Art, weswegen BJ sofort daran dachte, dass dieser Mann Tiefseefischen schrecklich finden würde. Doch es gefiel ihm und bisher war es ein großartiger Tag zum Angeln gewesen.

„Du bist wirklich gut als Kapitän", bemerkte Larry, während BJ den Thunfisch nahm und ihn zu den anderen Fischen, die Larry bisher gefangen hatte, in die Kühlbox legte. „Dein Vater wäre stolz auf dich."

BJ hatte seinen Rücken zu Larry gewandt, als dieser den Kommentar machte und die Worte trafen ihn wie ein kalter Windstoß. Er trete sich um und traf Larrys gedankenversunkenen Blick. „Erzähl mir von Milton Lancaster. Ich weiß sehr wenig über ihn. Gage und ich hatten nicht viel Zeit zusammen, um irgendetwas davon zu besprechen. Wie ich vor ein paar Tagen am Telefon erklärte, habe ich im Wesentlichen erfahren, dass mein Leben nicht wirklich das war, was mir vorgegeben wurde. Es ist ein Schock, zu erfahren, dass ich einen anderen Vater habe als den Mann, den ich Vater genannt, den ich geliebt und respektiert habe. Um Milton gegenüber fair zu sein: Ich weiß, dass er über die Jahre viel Geld ausgegeben hat, um nach mir zu suchen, nachdem mich meine Mutter mit mir verschwunden war. Das macht es noch immer etwas befremdlich, zu hören, dass er mein Dad ist und stolz auf mich wäre."

Larry setzte sich in den Stuhl und schaute feierlich.

„Ich verstehe. Ich kannte Milton fast mein gesamtes Erwachsenenleben. Wir haben uns nach dem College kennengelernt, daher kann ich dir versichern, dass er ein guter Mann war. Er war ein Mann, der früh schmerzliche Verluste erlitten hatte, als er seine erste Frau bei der Entbindung verlor, mit einem kleinen Sohn zurückblieb und nicht wusste, wie er den Jungen aufziehen sollte. Bis zum Alter von zehn wurde Gage von Nannys großgezogen, dann begann sein Vater, ihn mit zur Arbeit zu nehmen. Das war, was Gage wollte, und auf seine eigene Art und Weise machte es Milton glücklich, seinen Sohn bei sich zu haben. Aber Milton hatte zu viel in seine Arbeit und den Aufbau seines Vermögens gesteckt, und kaum etwas in die Entwicklung einer bedeutungsvollen Beziehung zu seinem Sohn. Aber er liebte Gage. Und Gage wusste nie genau, was seinen Vater dazu trieb, der Mann zu sein, der er war. Ich habe ihm viele Male geraten, Gage von dir zu erzählen, aber ich war sein Rechtsbeistand und dadurch waren mir die Hände gebunden. Doch dich zu verlieren, als du ein Kleinkind warst, brachte ihn aus dem Gleichgewicht und er erholte sich nie ganz davon."

Es war surreal, etwas über den Mann zu hören, für den er Gefühle haben sollte. Er empfand mehr für Gage und wie er großgezogen wurde. Stimmt, in Sachen Ernährung, einen sicheren Platz zum Leben und die beste Fürsorge hatte er alles gehabt, was sich ein Kind wünschen konnte. Doch anders als die glückliche, sorgenfreie Kindheit, die BJ gehabt hatte, hatte es Gage an der normalen Art zu leben gefehlt. Und Larry erzählte BJ gerade, dass das sein Fehler war. „Ich verstehe es noch immer nicht. Das ist alles ziemlich schwer nachzovollziehen."

Das Boot wiegte sich sacht auf den Wellen, als sich BJ auf seinen Stuhl setzte.

Larry nickte zustimmend. „Hab Nachsicht. Dein Vater hat seine erste Frau, die er vergötterte, verloren und er war untröstlich. Und dann, fast ein Jahr später, war er hier unten, um sich ein Unternehmen anzusehen, das er kaufen wollte, als er am Strand eines frühen Morgens eine Frau traf, während er zum Joggen draußen war. Er verliebte sich sehr in deine Mutter. Es überraschte und veränderte ihn. Und in diesem Jahr verbrachte er viel Zeit hier in Windswept Bay. Gage war noch immer ein kleines Kind und um ihn wurde sich in New York gut gekümmert. Als Milton erfuhr, dass deine Mutter schwanger war, war er außer sich vor Freude. Er rief mich sofort an und erzählte mir die Neuigkeiten. Und änderte sein Testament an diesem Tag, um dich mit einzuschließen. Er hatte Pläne, deine Mutter zu heiraten und seine Familie als eine zusammenzuführen.

Ich habe ihn nie glücklicher gesehen. Aber deine Mutter, die ich zugegebenermaßen nie kennengelernt habe, liebte ihr Leben in Florida und hatte eine große Abneigung dagegen, in die Stadt zu ziehen. Ganz ähnlich wie du." Er lächelte. „Als du ein Kleinkind warst, wollte er seine Familie zusammenbringen, doch sie stritten heftig darüber, weil sie nicht umziehen wollte. Er musste – oder dachte das zumindest – in New York sein, um das Unternehmen aufzubauen, das er wollte. Wie du schlussfolgern kannst, war es nicht viel später, dass deine Mutter dich nahm und davonlief. Und Milton wurde danach emotional distanziert. Es war als wäre ein Licht in ihm erloschen und die Arbeit wurde seine oberste Priorität. Doch er hat die Hoffnung nie aufgegeben, dich zu finden. Und deine Mutter. Er hat nicht oft darüber gesprochen, aber wenn er es tat, war es offensichtlich, wie schmerzhaft es für ihn war."

„Warum ist meine Mutter weggelaufen? Die Frage geht mir nicht aus dem Kopf." BJ konnte mit Milton mitfühlen, aber verstand es trotzdem noch nicht.

„Milton erzählte mir, dass er den Fehler begangen hatte, deiner Mutter zu sagen, dass er für das Sorgerecht kämpfen würde. Und kurz darauf verschwand sie.

Er bereute seine Worte den Rest seines Lebens. Für alle von euch."

BJ schwieg. Es gab nichts zu sagen, während er all das auf sich wirken ließ. Es war eine schwierige Situation. Doch noch immer empfand er nichts als eine Spur von Bedauern für Milton. BJs Mutter hatte getan, was sie für ihre einzige Option hielt. Sie hatte nicht in der Stadt leben wollen... und dennoch hatte sie sich offenbar in Milton verliebt gehabt; auf den Fotos war es klar, dass sie einander geliebt hatten. Sie hatten nur unterschiedliche Dinge vom Leben gewollt und hatten unterschiedliche Vorstellungen, ihren Sohn großzuziehen.

„Wenn du mich fragst, hat dein Vater nie aufgehört,

dich zu lieben oder zu glauben, er würde dich finden. Er hat all die Jahre über dieses Haus hier wegen deiner Mutter behalten. Er hat auch nie aufgehört, sie zu lieben. Bist du bereit, das Testament durchzugehen? In meinem Koffer habe ich eine Kopie davon."

BJ starrte nach draußen auf das blaue, ruhige Wasser, während sein Inneres aufgewühlt war als wäre ein Sturm in die Bucht gerauscht. „Nein, Larry, ich denke, ich will eine Weile angeln. Wie sieht es bei dir aus?"

Larry grinste. „Ich stimme dir zu. Darin ist nur von Geld und Besitz die Rede. Ich habe dir gerade die wichtigen Informationen mitgeteilt. Du und Gage werden euren Weg von hier aus steuern müssen. Ich werde dich bei allem beraten, was du willst, aber ich denke, das Wichtigste in Miltons Herz war es, dass ihr beiden Jungs Brüder werdet."

„Ich freue mich darauf, wenn Gage morgen nach Hause kommt. Es gibt eine Menge, das wir besprechen und Entscheidungen, die getroffen werden müssen… und ja, wir müssen uns beide kennenlernen. Er ist ein guter Kerl. Das habe ich bereits herausgefunden und dabei habe ich noch gar nicht so viel Zeit mit ihm verbracht."

Larry verschränkte seine Arme und musterte ihn. „Etwas sagt mir dennoch, dass dir das alles ziemlich wenig bedeutet."

„Ich weiß einfach nicht, wie ich bei diesem neuentdeckten Vermögen durchblicken soll. Wie ich dir am Telefon erzählte, bin ich glücklich mit meinem Leben. Zufrieden. Und das ist etwas, was viele Leute nicht verstehen."

Larry nahm seine Angel. „Ich fange an, es zu begreifen. Ich denke, du wirst mich von jetzt an als regulären Charterauftrag vormerken müssen. Glaub mir, wenn du lernen kannst, in diesen Wassern zu navigieren, wirst du auch lernen, auf deinem neuen Lebensweg zu navigieren. Es wird dich nur verändern, wenn du es willst."

BJ schmunzelte. Larry hatte vollkommen Recht. „Da ist was dran, Larry."

„Nun, wirst du mir jetzt endlich erzählen, warum ich im gesamten Zeitungskiosk des Flughafens Fotos gesehen habe, auf denen du diese hinreißende junge

Frau küsst?"

BJ lachte über diese unerwartete Frage. Seine Gedanken schweiften zu Olivia. Er hoffte, sie verbrachte eine schöne Zeit mit ihren Eltern. Auch sie musste lernen, in unbekannten Gewässern zu navigieren.

„Nun ja, Larry, hast du Zeit für eine lange Geschichte?"

„Ich habe den ganzen Tag Zeit. Und etwas sagt mir, dass das eine gute Geschichte ist."

BJ wurde beim Gedanken an Olivia warm ums Herz. „Damit liegst du richtig. Es ist die beste Geschichte überhaupt."

Sobald Olivia und ihre Eltern zurück in der Stadt waren, trafen sie sich mit ihren Schwestern bei Shar zuhause, um alles für die Willkommensparty vorzubereiten, die sie an dem Abend geben wollten. Ihr Flugzeug sollte gegen vier am St. Pete-Clearwater International Airport landen und sie wollten bis dahin alles fertig haben.

Zu Olivias Erleichterung hatte Levi ihr gestern Bescheid gegeben, dass all ihren „Verehrer" langweilig geworden zu sein schien und sie zurück ins Land der Stars und Sternchen verschwunden waren. Er hatte ihr außerdem gesagt, sie solle einen Blick auf die neuen Klatschmagazine werfen. Es schien, Brad Pearson hatte sich selbst in ein paar Schwierigkeiten gebracht – was Olivia nicht überraschte. Jemand hatte schließlich herausgefunden, dass das zweite Foto, von dem alle behauptet hatten, dass sie und Brad darauf waren, nicht Olivia zeigte. Man hatte ihn zudem mit der Frau eines wichtigen Mannes im Management des Studios, bei dem er unter Vertrag stand, erwischt.

Und in diesem Moment verstand Olivia, warum er sie geküsst hatte. Sie entsprach nur zufällig in Größe und Haarfarbe der Frau, mit der er sich eigentlich traf. Olivia war also ein Vertuschungsversuch gewesen.

„Also", sagte Jillian, als sie durch die Tür von Shars Haus trat. „Wie fühlt es sich an, frei von Skandalen zu sein?"

„Für einen Lockvogel hat sie sich wirklich gut geschlagen, denke ich." Cali umarmte sie.

Violet, ihre Mutter, strich sich eine dicke Strähne ihres dunkelgrauen Haars hinters Ohr und zog die

Augenbrauen zusammen. „Die fehlende Klasse, die dieser Mann an den Tag gelegt hat, ist schockierend. Olivia so zu benutzen, ist einfach erschreckend! Und sie hat noch dazu ihren Job verloren."

„Mom, wow", sagte Olivia bestürzt von dem Gefühlsausbruch ihrer gewöhnlich so ruhigen Mutter. Cali und Jillian sahen genauso überrascht aus. „Ich liebe dich auch. Und mir geht es gut. Wirklich. Trotz all dem, was in den letzten zwei Wochen in meinem Leben los war, als ich noch in Hollywood war und was mir dann hierher gefolgt ist…" Sie lächelte. „Hatte ich tatsächlich eine der besten Wochen meines Lebens."

Alle Blicke waren auf sie gerichtet.

Cali sah ganz und gar nicht überrascht aus. „Hat das etwas mit dem neuen Schwager deiner Schwester zu tun?"

Olivia nickte. Ihr Herz schwoll an beim bloßen Gedanken an BJ. „Hat es. Er ist so liebenswürdig. Und unglaublich."

„Und", fügte Jillian lächelnd hinzu, „er kann offenbar gut küssen, wie die berühmten Cover der Klatschmagazine zeigen."

Violets Gesicht wurde weicher. „Du hast dich verliebt. Ich wusste, dass dir die letzten Tage etwas durch den Kopf ging und bei all dem Gesumme von dir schien es nichts Schlimmes zu sein."

Olivia atmete tief durch. *Hatte sie sich verliebt?* „Ich weiß, dass ich noch nie so empfunden habe. Aber bei BJ ist zurzeit viel los. Seine ganze Welt wurde auf den Kopf gestellt und daher bin ich einfach zufrieden, für ihn hier zu sein, während er alles sortiert. Wir haben uns gerade erst kennengelernt, aber diese letzte Woche hatte es in sich und es scheint, als würde ich ihn schon viel länger kennen."

„Ihr beide wart für etwa drei Tage unzertrennbar", betonte Cali.

Drei wundervolle Tage, stimmte Olivia zu, aber behielt den Gedanken für sich.

Sie konnte es nicht erwarten, BJ zu sehen und zu erfahren, wie die Zeit mit dem Anwalt verlaufen war.

„Wo wir gerade von BJ sprechen: Ich glaube, ich rufe ihn besser einmal an und weihe ihn in unsere Pläne für diese Party ein und stelle sicher, dass wir runtergehen und das Haus übernehmen können, weil er ja dort wohnt. Ich geh kurz raus."

Sie ließ ihre Familie allein, während diese mit den Essensvorbereitungen für die Party begannen. Olivia ging auf die Terrasse und zog ihr Telefon hervor. Sie warf einen Blick auf den Strand zu dem Anleger und ihr Herz blieb beim Anblick von BJ, wie er an seinem Boot arbeitete, in ihrer Brust stehen. Er hatte sein Shirt ausgezogen und selbst aus dieser Entfernung konnte sie seine gebräunten Muskeln im Sonnenlicht schimmern sehen.

Sie sah, wie er nach links griff und sein Telefon in die Hand nahm. Er schaute zu Shars Haus, als er ranging.

„Du bist zurück." Er winkte vom Boot aus. „Was machst du dort oben? Komm rüber, schöne Frau."

Sie lachte. „Auch Hallo."

„Hallo", sagte er schroff. „Du hast mir gefehlt."

Vier einfache Worte bedeuteten so viel. „Du hast mir auch gefehlt."

„Warum reden wir dann über das Telefon?", fragte er und sie sah, wie er vom Boot auf den Anleger sprang und mit großen Schritten über den Strand ging.

Olivia verließ die Terrasse über den sandigen Weg und ging zum Strand. „Wir treffen uns auf halber Strecke." Sie legte auf, steckte das Telefon in ihre Tasche und begann zu joggen. Das war in ihren Flip-Flops schwierig, daher kickte sie sie weg und rannte weiter. Ihr Sommerkleid wirbelte um ihre Oberschenkel und bevor sie zu weit gekommen war, musste sie ihren Rock beim Joggen festhalten, damit der Wind ihn nicht über ihre Hüfte hob.

BJ lachte, als er sie erreichte. „Gibt es irgendwelche Probleme hier?" In einer schnellen Bewegung schwang er sie in seine Arme und küsste sie.

In diesem Moment wusste Olivia, dass in ihrem Leben nichts mehr so wie vorher sein würde. Sie hatte sich ziemlich sicher in BJ verliebt. Und sie hoffte, dass er das gleiche empfand.

BJ musste sich dazu bringen, den Kuss zu unterbrechen, und dann hielt er Olivia einfach nur in seinen Armen und spürte ihren Herzschlag an seinem. Seitdem er erfahren hatte, dass sein Leben nicht das war, für das er es gehalten hatte, hatte er ein wenig das Gefühl im Wind zu flattern, wie ihr süßes Kleid, bevor er ihr aushalf, indem er sie in seine Arme nahm. Olivia tat genau das für ihn. Wenn sie in der Nähe war, fühlte er sich wieder geerdet. Er wusste nicht, wie sein Leben weiter verlaufen würde, aber er wusste, worauf er hoffte, wenn er Olivia ansah.

Ein Leben lang.

Für immer.

„Und, hattest du zwei schöne Tage mit deinen Eltern?"

„Hatte ich. Kein einziger Fotograf lauerte irgendwo in den Büschen im Versuch, ein Bild zu kriegen. Es war himmlisch."

Er lachte und spürte reine Zufriedenheit in seiner Brust. „Und hier sind sie auch nicht mehr. Genau wie du vorhergesagt hast."

„Ich weiß. Ich habe gehört, sie sind wieder in Hollywood und versuchen, die neue Exklusivmeldung über den bösen Brad zu bekommen."

„Habe ich auch gehört. Und wie fühlt es sich nun an, eine Schachfigur in seinem teuflischen Plan gewesen zu sein?"

Ihr Lächeln wurde breiter und sie legte eine Hand auf seine Wange. „Ich hoffe, es stört dich nicht, wenn ich das sage, aber es hat mich nach Hause gebracht und dazu, dich kennenzulernen. Daher ist alles wunderbar. Ich kann nicht klagen."

„Das wollte ich hören." Er küsste ihren Hals und atmete ihren zarten Duft ein. „Weißt du, dass du mich verrückt machst?"

Sie grinste. „Das hoffe ich. Falls nicht, wäre ich sehr enttäuscht."

Er hob seinen Kopf mit der Absicht, sie erneut zu küssen, als er drei Leute auf der Terrasse von Shars Haus erblickte. „Sind das deine Schwestern?"

Olivia schnaufte. „Ja, hab ich vergessen." Sie kicherte. „Du hast mich abgelenkt. Das sind Cali und Jillian und meine Mutter. Wir bereiten eine Willkommensfeier für Shar und Gage vor, mit der wir sie überraschen wollen. Und da sie eine Weile in das große Haus ziehen werden, macht es dir etwas aus, wenn wir rüberkommen und es dekorieren?"

„Überhaupt nicht. Ich habe meine Laken bereits gewaschen und bin zurück auf's Boot gezogen. Ich bringe es in Schuss für Charteraufträge nächste Woche."

„Oh, aber dir gehört ein Teil des Hauses. Ich bin mir sicher, sie wollen nicht, dass du ausziehst."

„Ich habe mit Gage gesprochen und darauf bestanden, dass ich nur vorübergehend dort war. Und glaube mir, ich hatte nie vor, in das Haus zu ziehen, vor allem nicht mit ein paar frisch Verheirateten. Falls ich jemals ein Haus kaufe, wird es eines sein, dass ich selbst ausgewählt und gekauft habe."

„Das verstehe ich."

„Versteh mich nicht falsch – ich weiß das Angebot zu schätzen. Aber eine andere Wahrheit ist, dass Gage und ich Fremde sind. Neben all den anderen Dingen, die mir nicht passen, in dem Haus zu sein, ist die Wahrheit, dass wir Zeit brauchen, einander kennenzulernen. Der Mitbewohner meines neuen Bruders zu werden, hatte ich nicht geplant. Falls ich in Zukunft mit irgendwem zusammen ziehe, wird das eine sehr persönliche Entscheidung sein." Er küsste ihre Stirn. „Ja, übernehmt ihr Mädels das Haus. Das ist für mich vollkommen in Ordnung."

Er setzte ihre Füße zurück auf den Boden. Sie griff nach ihrem Rock, um ihn an Ort und Stelle zu halten. „Du bist eingeladen. Ich hoffe, du kommst. Wir treffen uns halb fünf."

„Ich werde da sein. Braucht ihr jetzt irgendwelche Hilfe?"

„Nein, wir kriegen das hin." Sie küsste seine Wange. „Geht es dir gut? Hast du bei deinem Treffen Antworten erhalten?"

„Ein paar. Und ungeachtet dessen, was ich gerade gesagt habe, freue ich mich darauf, dass Gage und Shar nach Hause kommen. Es wird schön sein, mit ihm zu reden."

BJ beobachtete, wie Olivia zu Shars Haus ging, drehte sich dann um und ging zurück zu seinem Boot. Als er vor drei Wochen erstmals in Windswept Bay angelandet war, hatte er keine Ahnung gehabt, was auf ihn zukam. Er warf einen kurzen Blick über seine Schulter zu Olivia, und sah sie mit ihrer Familie ins

Haus verschwinden. Er hatte vorhin versucht, Lilly anzurufen, da er ihre Stimme hören wollte. Es war Wochen her, seitdem sie sich bei ihm gemeldet hatte, und er wollte zumindest wissen, dass es ihr gut ging. Seine Schwester war ein Freigeist, der gern sein eigenes Ding machte, aber dennoch war es viel zu lange her. Vielleicht lag es an der Tatsache, dass Olivia eine so große Familie hatte, dass ihm klar wurde, er und Lilly mussten mehr in Verbindung bleiben. Er musste ihr auch erzählen, was in seinem Leben los war.

Bei ihr ging sofort die Mailbox ran, wie die letzten Male, die er versucht hatte, sie zu erreichen. „Lilly, ich bin's. Ruf mich zurück, okay? Wir müssen reden… Hab dich lieb. Und Lilly… Du fehlst mir." Sie nahmen sich normalerweise nicht die Zeit, eine Nachricht zu hinterlassen. Sie wussten, dass sie zurückrufen sollten, wenn sie die Nummer des anderen sahen, daher machte es keinen Sinn, eine Nachricht zu hinterlassen.

Als er sein Boot erreichte, schaute er auf seine Uhr und bemerkte, dass er nur noch drei Stunden bis zu der Feier hatte. Er beschloss, er konnte es bis dahin auch hier angedockt lassen und das Boot danach zurück zu dem gemieteten Stellplatz im Hafen fahren. Falls er in Windswept Bay bleiben würde, und das hatte er vor, dann würde er sich einen Truck besorgen müssen. Er und Olivia hatten für ihr Date vor ein paar Tagen Shars Jeep benutzt, aber das nächste Mal, wenn er Olivia ausführte, wollte er das mit seinem eigenen Auto tun.

KAPITEL ZWÖLF

„Überraschung!"

Die Familienmeute schrie vor Freude, als Gage mit seinem Auto in die Auffahrt mit all den Familienautos einbog. Es gab keine Möglichkeit, sie alle zu verstecken, daher war eine halbe Überraschung alles, was Olivia und ihre Familie organisieren konnten. Trotz der Tatsache, dass es helllichter Tag und der Garten voll mit Familie war, erschienen die frisch Verheirateten überrascht.

Shar sprang mit einem riesigen Grinsen auf ihrem Gesicht wie eine Rakete aus dem Auto. „Oh, es ist so schön, euch alle zu sehen!" Sie eilte herum und umarmte jedes Familienmitglied fest.

Olivia konnte die hervorsprudelnde Freude, die sie empfand, als sie ihre sonst so beherrschte Schwester so glücklich sah, nicht verbergen.

„Und du", sagte Shar, als sie zu Olivia kam. „Du bist hier." Sie umarmte sie. „Ich habe zu Gage gesagt, dass ich nach Hollywood gehen und dich kidnappen müsste, um dich für einen Besuch nach Hause zu kriegen."

„Das hat sie gesagt", sagte Gage. „Hallo, ich bin Gage. Es ist schön, die endlich kennenzulernen." Er war attraktiv, mit dunklen Haaren und Augen, die sofort ihre Aufmerksamkeit auf sich lenkten. Es waren BJs Augen. Das war unverkennbar.

„Ich finde es auch schön, dich kennenzulernen. Ich bereue so sehr, dass ich eure Hochzeit verpasst habe… beide Male."

Gages Grinsen wurde breiter. „Wir haben dich beide Male vermisst. Aber jetzt bist du da und von dem, was ich gehört habe, hast du dich mit meinem Bruder angefreundet." Er streckte BJ, der neben ihr stand, seine

Hand hin. „Ich kann es kaum erwarten, endlich Zeit mit dir zu verbringen. Es gibt viel, über das wir reden müssen."

Olivia mochte Gage schon jetzt und als sie von BJ zu Gage schaute, sah sie einen neuen Anfang vor sich geschehen.

„Kommt schon, ihr alle", rief Violet ihrer ganzen Familie zu. „Lasst uns diese Party nach innen und auf die hintere Terrasse verlegen. Wir haben jede Menge Essen und kalte Getränke. Und Sam hat jedem ein köstliches Bruststück geräuchert."

„Oh ja, jetzt sprichst du meine Sprache", rief Jake und führte den Ansturm von Brüdern ins Haus.

Olivia sah zu Shar. „Sie hat dort drinnen ein Festmahl aufgefahren."

Shar umarmte sie und sie gingen hinein. „Sie zeigt ihre Liebe mit Essen."

Olivia umarmte ihre Drillingsschwester. „Du hast mir gefehlt, Schwesterchen. Aber ich denke, ich werde eine Weile bleiben und schauen, ob sich hier in der Nähe ein Job für mich ergibt", sagte sie, als sie das Haus betraten.

Shar blieb stehen. „Machst du Witze? Du kannst meine Stelle im Resort haben. Wirklich, du bist die PR-Person. Frag Cali und Jillian wie meine PR-Fähigkeiten sind. Sie sind schrecklich. Einfach schrecklich. Es ist ein Wunder, dass ich noch keine Reisegruppen mit meinem Mundwerk verschreckt habe. Cali, Jillian – kommt her."

Olivia fühlte sich etwas überrumpelt. Andererseits war das Shar und es überraschte Olivia keineswegs, dass ihre Schwester mit dem losen Mundwerk nicht die Diplomatischste war, wenn es um Öffentlichkeitsarbeit ging.

„Olivia sucht nach einem Job. Wusstet ihr beide das?"

Cali schaute zu Olivia, genauso wie Jillian. „Du hast dich entschieden, zu bleiben?"

„Ich denke, das würde ich gern. Ich habe wirklich darüber nachgedacht und ich weiß jetzt, dass ich Hollywood nicht als Flucht vor Skandalen verlassen habe. Ich bin vor Hollywood selbst geflohen. Ich habe versucht, mich dort wohlzufühlen. Aber das tue ich einfach nicht."

Jillian umarmte sie. „Willkommen zuhause,

Schwesterchen. Und vielleicht hat BJ ein kleines Bisschen was damit zu tun?"

Olivia grinste. „Vielleicht."

„Großartig." Shar hob eine Augenbraue, als sie zu Cali blickte. „Gib ihr meinen Job. Sofort. Ich werde in Vollzeit im Krankenhaus für Meeresschildkröten arbeiten. Mit Olivia an Bord im Resort, mit dir und Jillian sind nach oben keine Grenzen gesetzt."

Cali lachte. „Shar meint das ernst, Olivia. Falls du das noch nicht herausgefunden hast. Sie hat sich so angestrengt und wir fanden es toll, sie dabei zu haben, aber ihr Herz ist bei der Rettung der Meeresschildkröten, die sie liebt. Und dort sollte sie sein, selbst wenn du ihre Stelle nicht übernehmen möchtest. Aber wir würden uns freuen, wenn du bei uns einsteigst."

Jillian nickte, während Cali sprach. „Oh, Olivia, mit dir wäre es dort perfekt. Es wäre wundervoll für uns alle vier, zusammen zu arbeiten. Aber Shar ist unsere Superwoman und wir brauchen sie, damit sie uns bei der Rettung der Schildkröten repräsentiert." Jillian zwinkerte Shar zu.

Olivia spürte, wie ihr die Tränen in die Augen

traten. „Ich würde wirklich gern mit euch im Resort arbeiten. Das klingt fantastisch."

„Ja!", kreischte Shar. „Danke, Gott." Sie sah zur Decke hinauf. „Echt, danke, danke."

„Gruppenumarmung", sagte Cali, wie sie es als Kinder immer getan hatten. Und alle sammelten und umarmten sich.

Und Olivia konnte nicht glauben, dass sie so lange gebraucht hatte, ihren Weg nach Hause zu finden.

Als die Willkommensfeier vorbei war und alle nach Hause gegangen waren, war die Sonne bereits untergegangen. Olivia hatte sich von Jillian mit zu Shars Haus nehmen lassen, auch wenn BJ ihr gesagt hatte, er würde sie über den Strand nach Hause bringen. Sie hatte ihm erklärt, dass er etwas Zeit mit Gage verbringen sollte und damit hatte sie Recht. Doch das war Gages erste Nacht zurück aus seinen Flitterwochen mit seiner Ehefrau. BJ fühlte sich nicht wohl damit, die frisch Verheirateten voneinander abzuhalten, doch sobald er anfing, zu gehen, hielt Shar ihn auf.

„Warte mal", forderte sie aus der Küche, wo sie das letzte Stück Schokoladenkuchen auf einem Pappteller platzierte.

Zuvor hatte sie ihren Brüdern gedroht, dass niemand das letzte Kuchenstück essen sollte. BJ hatte gedacht, dass das Stück Kuchen während der Verabschiedungsumarmungen, als die Brüder rausgingen, verschwinden würde, doch es lag mysteriöser Weise noch immer auf der Kuchenplatte.

„Geh nicht aus dieser Tür. Gage kommt mit meinem Koffer herein und dann werdet ihr beide etwas Zeit miteinander verbringen. Du wirst auch dieses Stück Kuchen mit zurück auf dein Boot nehmen, wenn du gehst."

Er warf einen Blick auf den Kuchen. „Ich? Das ist dein Kuchen."

Sie lachte. „Nein, ich habe es für dich aufgehoben. Es ist dein ‚Ich freue mich, dass du Teil der Familie bist'-Stück." Sie bedeckte es mit Folie, ging um den Tresen und in den Wohnbereich und hielt es ihm hin. „Willkommen in der Familie, BJ."

BJ nahm den Kuchen. „Danke. Du weißt, dass deine

Brüder mir womöglich wehtun werden, falls sie erfahren, dass ich das Stück bekommen habe."

Sie lachte. „Du siehst so aus, als könntest du auf dich selbst aufpassen. Aber wenn du es nicht willst, kann ich es behalten." Sie begann es zurückzunehmen, doch er hielt es fest und grinste.

„Ich denke, ich werde es riskieren."

„Was riskieren?" Gage kam mit zwei großen Koffern in die Küche.

„Den Zorn ihrer Brüder, wenn sie herausfinden, dass deine Frau mir das letzte Stück Schokoladenkuchen gegeben hat."

„Hey, ich dachte, das wäre für mich gewesen?"

Shar ging in die Küche und nahm zwei Plastikgabeln; sie kam zurück und gab jedem eine.

„Ihr könnt es euch teilen. Jetzt geht. Mein Kopf schmerzt schon bei all den Dingen, die ihr zu besprechen habt. Außerdem gehört euch als neu zusammengefundenen Brüdern dieses verdammt große Unternehmen gemeinsam. Ich habe Gage lang genug in Beschlag genommen. Legt los, Jungs. Und lasst euch den Kuchen schmecken."

Damit ging sie aus dem Raum und die Treppen hinauf.

Gage grinste über das ganze Gesicht und sah ihr nach. „Man, ich liebe sie. Das ist vielleicht eine Frau."

BJ dachte an Olivia. Er hatte den ganzen Abend über den Blick nicht von ihr lassen können. „Ihr beiden seht wirklich glücklich aus."

Gage nickte. „Ich weiß nicht, womit ich sie verdient habe, aber ich bin dankbar. Komm schon. Zeig mir dein Boot. Und nimm den Kuchen mit."

Sie gingen den kurzen Weg nach unten und über den Strand zum Anleger. Das Licht der Kapitänskajüte half das Bootsdeck zu beleuchten, als sie an Bord gingen. „Du kommst gut rum", sagte er. „Ist die Schusswunde komplett verheilt?"

„Ein Stechen spüre ich noch immer hier und da. Aber größtenteils ist sie verheilt."

„Freut mich, zu hören." Er nahm die Folie von dem Kuchen und legte ihn auf den Tisch auf dem Deck. Beide starrten sie darauf, lachten, setzten sich hin und jeder grub seine Gabel hinein.

„Also…" Gage hielt inne, bevor er die Gabel in den

Mund steckte.

BJ zögerte nicht; er hatte den Kuchen fast unmittelbar im Mund und kaute, als Gage seine Bombe platzen ließ.

„Willst du mir meine Anteile des Unternehmens abkaufen?"

BJ schluckte. „Was?", röchelte er.

Gage streckte seine Hand aus und klopfte ihm auf den Rücken. „Entschuldige, man – das wollte ich dir nicht antun."

Einen Moment später kam BJ wieder zu Atem und starrte seinen Bruder an. „Du willst, dass ich dich auskaufe? Ich will dein Unternehmen nicht. Ich wollte dir dasselbe Angebot machen. Ich wollte eigentlich komplett aussteigen, aber Larry erklärte mir, dass es Bestimmungen gebe, dir mir das nicht erlaubten. Das alles in meinem Namen bleiben würde und das wäre nicht fair; dich mit der Führung des Unternehmens allein zu lassen, während ich die Profite einstreiche. Daher wollte ich es dir für einen Tiefstpreis verkaufen."

Gage schüttelte den Kopf und biss schließlich in den Kuchen. „Unser Dad war, falls du das noch nicht weißt, ein brillanter Mann in Geschäftsangelegenheiten. Aber er hatte kein Glück in der Liebe. Ich habe viel darüber nachgedacht. Er arbeitete die ganze Zeit und litt einen stummen Schmerz, von dem ich zu seinen Lebzeiten nie erfahren habe. Und das warst du. Als Kind hatte ich alles, was ich mir nur wünschte, außer Zeit mit meinem Vater. Er war kaum zuhause, weil er eigentlich im Büro lebte. Und wenn er nicht im Büro war, war er auf Geschäftsreisen."

Gage legte seine Gabel weg, stand auf und ging zur Reling. „Weißt du, wie es sich angefühlt hat, als ich diese Bilder von ihm am Strand gefunden habe, wie er mit dir spielte und lachte, als du ein Kleinkind warst? Es war als wäre mir das Herz aus der Brust gerissen worden." Seine Stimme war brüchig vor Emotionen. „Tut mir leid, man", fuhr Gage fort, nachdem er sich geräuspert hatte. „Du hattest alles, was ich als Kind wollte, aber du warst ein Kleinkind und hast wahrscheinlich keine Erinnerung an irgendeines dieser Fotos."

„Habe ich nicht", sagte BJ. „Aber es tut mir leid,

dass du sowas nicht hattest. Ich hatte es mit meinem Dad. Den Dad, den ich kenne."

Sie starrten einander an.

„Es ist verkorkst." Gage lachte heiser.

„Ja, ist es", stimmte BJ zu. „Ich verstehe es überhaupt nicht. Meine Mutter sieht auf diesen Bildern so verliebt aus, wie irgendeine Frau nur sein könnte. Und ich muss zugeben, dass ich diese Art Blick in ihren Augen mit meinem Dad nie gesehen habe. Sie war glücklich und liebte ihr Leben, aber als ich diese Fotos sah, war es der Ausdruck von Liebe in ihrem Gesicht, wenn sie deinen Vater ansah, der mich tief getroffen hat. Ich wusste nicht, wer das Kind war, aber ich wusste, wer sie war."

„Und dann ist die Millionenfrage: Warum ist sie gegangen und hat meinem Vater das Herz gebrochen? Denn ich bin überzeugt, dass es das ist, was passiert ist. Er hat meine Mom verloren, dann deine Mom gefunden und dann hat er sie und dich verloren, als sie davongelaufen ist. Ich denke, ich habe ihn und meine Mom am Tag meiner Geburt verloren… zumindest den

Vater, nach dem ich mich gesehnt habe. Als ich zehn war und die letzte Nanny verscheucht hatte, begann er mich mit ins Büro zu nehmen. Ich fand dort eine neue Familie in den Leuten, die im Büro arbeiteten. Und als ich älter wurde, habe ich das Geschäft kennengelernt und je mehr ich gelernt habe, desto mehr Zeit konnte ich mit meinem Dad verbringen."

Er hielt inne. „Shar half mir dabei, das herauszufinden, während wir weg waren. Er hatte so viel verloren, dass er keine Nähe mehr zulassen konnte. Nur durch das, was er am besten konnte und bei dem er immer erfolgreich war und das war das Geschäft. Dieses Unternehmen ist seine Art uns seine Liebe zu zeigen. Er hat nie aufgehört, zu hoffen, dass er dich finden würde. Er hat für dich von dem Tag an vorgesorgt, an dem du geboren wurdest."

BJ fühlte sich dabei noch immer unwohl und traurig. „Ein Teil von mir wünscht sich, ich hätte ihn gekannt, aber wenn ich mir das wünsche, hätte ich *meinen* Dad womöglich nie kennengelernt. Ich mag nicht einmal wissen, warum meine Mom gegangen ist.

Aber alles, woran ich denken kann, ist das, was Larry sagte. Sie haben darüber gestritten, dass er wollte, dass sie nach New York zog, und sie ablehnte. Ich denke, das muss es gewesen sein; dass sie Angst hatte, dein Dad, unser Dad, würde versuchen, das Sorgerecht für mich zu bekommen, und er war derjenige mit dem Geld."

„Das glaube ich auch. Es ist die einzige Sache, die passt."

„Also, wo stehen wir damit jetzt?", fragte BJ. „Denn wenn du glaubst, dass meine Mutter eine Aversion gegen die Großstadt hatte, glaube mir, das ist kein Vergleich zu dem, was ich dafür empfinde. Ich bin dafür geboren, dort draußen zu sein." Er blickte auf das mondbeschienene Wasser hinaus. „Nicht in einem Wolkenkratzer eingeschlossen Geld verdienen, das ich in meinem Leben niemals werde ausgeben können."

„Dann verkaufen wir beide. Morgen kann ich eine Reihe von Käufern haben. Wir verkaufen und führen das Leben, was wir wollen." Gage streckte seine Hand aus.

BJ stand auf. „Deal." Und sie schlugen die Hände ineinander und schüttelten sie.

„Etwas sagt mir, dass das das Richtige ist. Dieses Haus, dieser Strand. Ich glaube, hier war er am glücklichsten. Und deswegen hat er es nie verkauft."

BJ spürte ein Ziehen in seinem Herzen beim Gedanken an den Mann, den er nie gekannt hatte. „Ich glaube, du hast wahrscheinlich Recht."

KAPITEL DREIZEHN

Olivia ging am nächsten Tag zum Resort. Sie hatte gestern Abend lange Zeit auf ihrer Terrasse gesessen, BJ und Gage beim Reden auf dem Boot beobachtet. Und dann war sie nach drinnen und ins Bett gegangen, weil sie sich selbst aus der Entfernung schuldig gefühlt hatte, sie zu beobachten. Sie hoffte, die Dinge waren gut gelaufen. Als sie aufwachte, war BJs Boot fort.

Auf dem Weg zum Resort hielt sie am Hafen an, da sie mit Shars Jeep fuhr, und überflog die angedockten Boote, doch sah ihn nicht. Sie versuchte, sich zu sagen, dass sie nicht nervös zu sein brauchte. Dass er nicht gegangen war. Doch es gab einen kleineren Teil von ihr, der genau das befürchtete. *Wird BJ in Windswept Bay bleiben?*

„Ja, wird er", mahnte sie sich selbst, während sie zum Resort fuhr. Sie hatte die Hoffnung, dass das, was sie in der letzten Woche geteilt hatten, für ihn so besonders war wie für sie. Er verhielt sich so. Seine Küsse, seine Behutsamkeit mit ihr, die Art wie er sie ansah. All das sagte ihr in ihrem Herzen, dass er sich so sehr in sie verliebt hatte wie sie sich in ihn.

Es war zu früh, um mit Worten der Liebe herauszusprudeln. Es war Zeit, ihre Beziehung sich entfalten zu lassen.

Horace wechselte eine Steckdose in der Wand, als sie die Lobby betrat, und sie ging sofort zu ihm. „Horace, ich bin so froh, dich zu sehen. Ich danke dir für deine Hilfe neulich Abend."

„Olivia, ich hatte gehofft, du würdest vorbeikommen, jetzt da all die Geier weg sind. Es ist wirklich schön, dich wieder zuhause zu haben."

„Ich freue mich auch. Hast du die Neuigkeiten

gehört, dass ich bei Cali und Jillian hier im Resort mit an Bord komme?"

Er schaute über seine Brillengläser. „Das habe ich gehört. Und Superwoman darf fliegen."

Olivia grinste über den Spitznamen. „Ja, darf sie. Ihre Liebe für die Meeresschildkröten, dabei zu helfen, dass das Krankenhaus wächst und die Bemühungen entlang der Küste sind genau die Dinge, mit denen sie sich beschäftigen sollte. Und jetzt hat sie Gage, mit dem sie zusammenarbeiten kann. Es wird perfekt für sie werden, und für mich."

„Gut. Ihr Mädels macht eure Eltern stolz. Das Resort läuft gut, es sieht optisch gut aus und wenn sie die Zimmer schließlich umgebaut haben, wird es stilvoller sein als es je war."

„Das geht auf Shar, Jillian und Cali. Ich hoffe, ich kann etwas zu dem, was sie gemacht haben, beisteuern."

„Das wirst du. Daran habe ich keine Zweifel."

„Danke. Bis später."

„Ich bin immer irgendwo zu finden."

Olivia lächelte jeden an, an dem sie vorbeiging und bemerkte, dass viele der Angestellten zweimal hinschauen mussten, als sie vorbeiging. Jillians identische Zwillingsschwester zu sein, würde einige lustige Situationen verursachen... Ihr wurde plötzlich klar, dass BJ sie und Jillian nie verwechselt hatte, außer das erste Mal als sie sich auf dem Dach kennengelernt hatten und er gedacht hatte, sie wäre Jillian gewesen. Danach hatte er sie nie wieder verwechselt.

Nicht, dass sie in BJs Nähe so viel zusammen gewesen wären, aber dennoch hatte sie irgendwie das Gefühl, dass er in jedem Fall wusste, wer sie war. *Warum oder wie wusste er das?*

Das war eine Frage, die sie ihm stellen wollte.

Sie betrat grinsend das Büro. „Ich melde mich zum Dienst." Ihr gefiel der überraschte Ausdruck auf Calis Gesicht. „Was, du hast mich nicht erwartet? Und du hast nicht die Überwachungskameras beobachtet?"

Cali sprang auf und eilte zu ihr. „Ich freue mich so, dass du da bist! Ich hatte nur nicht damit gerechnet, dass du direkt anfängst."

Olivia stellte ihre Tasche ab. „Cali, ich hatte genau die Auszeit, die ich ertragen kann. Und wenn ich weiterhin nichts zu tun habe, befürchte ich, dass ich anfange, BJ zu stalken und bedürftig auszusehen, um ehrlich zu sein."

Cali legte sich die Hände auf die Wangen und lachte.

„Das habe ich gehört." Jillian kicherte, als sie durch die Tür hinter Olivia trat. Sie trug Jeans und ein großes Arbeitsshirt und hatte Dreckklumpen an ihren Knien. Sie trug eine Topfpflanze; stellte sie auf den Tisch und drehte sich mit einem riesigen Grinsen zu Olivia. „Ignoriere meinen Aufzug – es ist Gärtnertag. Du siehst hinreißend aus und ganz und gar nicht bedürftig und ich habe ein sehr gutes Gefühl, dass BJ keine Einwände dagegen hätte, wenn du 24 Stunden am Tag in seinem Leben wärst. Und er hat sogar angeboten, dich nach Hause zu bringen."

Cali stimmte zu. „Und du hast ihm das Privileg verwehrt und bist stattdessen mit Jillian mitgefahren."

„Er brauchte Zeit mit Gage."

„Stimmt." Jillian zupfte sich ein Blatt vom Ärmel. „Aber er wollte Zeit mit dir verbringen. Das war ganz offensichtlich."

„Ich bin eine erwachsene, unabhängige Karrierefrau

und ich fühle mich etwas verwundbar, wenn es um ihn geht."

„Das musst du nicht." BJ trat um die Ecke. „Tut mir leid, ich wollte nicht lauschen. Ich habe nur nach dir gesucht und dich gefunden. Olivia, meine Welt fühlt sich stabil und richtig an, wenn du in ihr bist. Bevor ich nach Windswept Bay gekommen bin, war ich in jeder Hinsicht, die ich mir vorstellen kann, ein zufriedener Mann. Jetzt bin ich nur dann so richtig zufrieden, wenn du bei mir bist."

Er ging auf sie zu und Olivia musste sich mit einer Hand auf dem Tisch neben sich abstützen, da ihr Gleichgewicht ins Schwanken geriet. „Ich empfinde genauso", sagte sie. „Ich wollte dir nur Freiraum geben. Du hast mir letzte Woche so viel geholfen."

Er nahm sie in seine Arme. „Gestern Abend haben Gage und ich entschieden, Lancaster Industries zu verkaufen. Wir haben lange über unseren Vater gesprochen und als er schließlich zurück zum Haus ging, wollte ich einfach nur dich sehen. Dir erzählen, was wir besprochen haben. Es fühlte sich nicht ganz an, wenn ich es nicht mit dir teilen kann."

„Ich liebe dich, BJ", sagte sie und war nicht länger in der Lage, ihre Gefühle zurückzuhalten.

Seine Miene wurde ernst. „Und ich liebe dich. Ohne meine eigene Anstrengung oder meinen eigenen Verdienst werde ich ein sehr wohlhabender Mann sein. Das bedeutet, dass ich hingehen kann, wo ich will, leben, wo ich will und ich will einfach nur dort sein, wo du bist. Dieses Geld bedeutet mir nichts, außer dass ich damit etwas Gutes in dieser Welt tun kann. Doch selbst diese Vorstellung bedeutet mir ohne dich nichts."

Olivia lächelte durch Tränen hindurch, als BJ auf ein Knie hinunterging.

„Olivia Sinclair, wirst du mich bitte heiraten?"

Sie beugte sich nach unten und küsste ihn. „Ja", flüsterte sie gegen seine Lippen.

BJ stand auf und nahm sie in seine Arme. Der Blick seiner blauen Augen war so zärtlich. „Das ist der beste Moment meines Lebens." Und dann küsste er sie, bis sie regelrecht atemlos war. „Nein, *das* war der beste Moment meines Lebens." Und dann küsste er sie erneut.

Als er seinen Kopf zurückzog, realisierte Olivia, dass sie allein waren und die Bürotüren geschlossen waren. „BJ, ich kann es nicht glauben."

„Was glauben? Dass ich dich liebe?"

„Nein." Sie sah sich um. „Dass ich mir wünsche, es wäre wenigstens ein Paparazzo hier gewesen, um diesen besonderen Moment festzuhalten, als du auf die Knie gegangen bist und mich gefragt hast, ob ich dich heiraten will."

Er grinste. „Der arme Typ, den Levi verhaftet hat, ist womöglich immer noch im Gefängnis. Wir könnten schauen, ob er ein Bild von uns gemacht hat."

Olivia kicherte. „Armer Kerl. Ich glaube, ich bringe dich lieber dazu, mich noch einmal zu küssen… für immer."

„Nun, *das* kann ich machen. Immer." Und er senkte seine Lippen auf ihre, um es ihr zu beweisen.

Weitere Bücher von Debra Clopton

Die Cowboys von Dew Drop, Texas
Unvergesslicher Cowboy

Turner Creek Ranch Serie –
Die Cowboys von Mule Hollow
Schätze mich, Cowboy
Rette mich, Cowboy
Mach mich ganz, Cowboy
Schmeichle mir, Cowboy

Windswept Bay
Von Diesem Moment An
Irgendwo Mit Dir
Mit Diesem Kuss & Für Immer Und Ewig
Warten Auf Liebe
Mit Diesem Ring
Mit Diesem Versprechen
Mit Diesem Schwur
Mit Diesem Wunsch
Mit dieser Ewigkeit

New Horizon Ranch Serie
Ein Cowboy für Maddie
Ein Cowgirl für Rafe
Ein Cowgirl für Chase
Ein Cowgirl für Ty
Eine Familie für Dalton
Eine Tierärztin für Treb
Maddies geheimes Baby
Ein Cowgirl für Austin

**Die Holden Brüder –
Die Cowboys von Mule Hollow**
Das Herz eines Cowboys
„Das Vertrauen eines Cowboys"
Die Wahre Liebe Eines Cowboys

**Die Cowboys von Mule Hollow Serie
Liebe Mich, Cowboy**
Tanz Mit Mir, Cowboy
Immer Ärger mit Lacy Brown
… plus Baby macht fünf
Mein Herz gehört dir, Cowboy
Halt mich, Cowboy
Sei mein, Cowboy
Operation: Bis Weihnachten Verheiratet
Verehre Mich, Cowboy
Überrasch Mich, Cowboy
Sing für mich, Cowboy
Komm zu mir zurück, Cowboy
Reit mit mir, Cowboy

Die Cowboys von Ransom Creek
Trip: Ihr Cowboy-Held (Vorgeschichte)
Carson: The Cowboy's Braut zu mieten
Cooper: Bezaubert vom Cowboy
Shane: Cowboy's Junk-Store Prinzessin
Vance: Ire Cowboy der Zweiten Chance
Drake: Der Cowboy und die Maisy Love
Brice: Nicht Ruhig auf der Suche nach einer Familie

Über die Autorin

Die Bestseller-Autorin Debra Clopton hat bereits über 2,5 Millionen Bücher verkauft. Ihr Buch OPERATION: MARRIED BY CHRISTMAS soll sogar als ABC Familienfilm verfilmt werden. Debra ist bekannt für ihre modernen Westernromanzen, texanischen Cowboys und temperamentvollen Heldinnen. Romantik und eine Prise Humor werden immer miteinander verflochten, um den Leser zum Lächeln zu bringen. Als Texanerin in sechster Generation lebt sie mit ihrem Ehemann auf einer Ranch im Herzen von Texas und freut sich immer über Zuschriften von ihren Lesern.

Besuche Debras Webseite auf
www.debraclopton.com/deutsch.
Melde dich für Debras Newsletter an
www.subscribepage.com/abonnieren-sie-meinen-deutschen-newsletter
Schau auf Facebook bei ihr vorbei
www.facebook.com/debra.clopton.5
Folge ihr auf Twitter unter @debraclopton
Schreibe ihr über debraclopton@ymail.com

www.ingramcontent.com/pod-product-compliance
Lightning Source LLC
Chambersburg PA
CBHW070652180626
46817CB00006B/2341